精品文学书系

一生必读的

文学

精品

李超 主编

时代出版传媒股份有限公司
安徽文艺出版社

图书在版编目（ＣＩＰ）数据

　　一生必读的文学精品／李超主编. — 合肥：安徽
文艺出版社，2012.2（2024.1 重印）
　　（时代馆书系·精品文学书系）
　　ISBN 978-7-5396-3908-6

　　Ⅰ．①一… Ⅱ．①李… Ⅲ．①文学欣赏－世界
Ⅳ．①I106

　　中国版本图书馆 CIP 数据核字(2011)第 216694 号

一生必读的文学精品

YISHENG BIDU DE WENXUE JINGPIN

出 版 人：朱寒冬
责任编辑：刘姗姗　　　　　　　　装帧设计：三棵树　文艺

出版发行：安徽文艺出版社　　www.awpub.com
地　　址：合肥市翡翠路 1118 号　　邮政编码：230071
营 销 部：(0551)3533889
印　　制：唐山富达印务有限公司　电话：(022)69381830

开本：700×1000　1/16　印张：10　字数：164 千字
版次：2012 年 2 月第 1 版
印次：2024 年 1 月第 2 次印刷
定价：48.00 元

（如发现印装质量问题，影响阅读，请与出版社联系调换）

前　言

在人的一生中，中学时期是积累知识和文化的重要时期。要想开阔自己的视野，丰富自己的人生，在同龄人中成为佼佼者，仅凭课本上的知识是远远不够的，必须多读书、读好书。好书可以增加我们知识的深度和广度，好书可以传递深邃的人生哲理，好书可以帮助我们树立正确的人生理念，让我们拥有一个更广阔、更光明的世界。

对中学生来说，选择好读书种类是至关重要的一个环节。古今中外的图书浩如烟海，如何充分利用宝贵的时间，如何选择那些具有思想性、科学性、知识性、趣味性的读物，提升自己的文学修养、增加自己思想的深度，是每个处于这一阶段的人都必须面对的问题。本书正是帮助您解决这一难题，为您指明了一条简捷的途径。

本书在涵盖了中学生必读的文学名著的基础上，借鉴了胡适、鲁迅、海明威、毛姆等古今中外许多名家所列举的不可不读的书目，选取了最适合中学生阅读的书。在确定这些书目的过程中，我们广泛征求了专家学者和教学经验丰富的教师的意见，并逐一仔细斟酌、筛选，最终所选定的书目包括了文学、艺术、历史、地理等不同领域的精华之作。

本书推介的文学名著，无论是思想价值还是艺术价值都极为丰富，如《水浒传》《三国演义》《红楼梦》等古典文学名著，《子夜》《骆驼祥子》《家》等现代文学名著，还有雨果的《巴黎圣母院》、列夫·托尔斯泰的《复活》以及巴尔扎克、海明威、高尔基等大师的经典作品。阅读这些作品，能让我们在美与丑、善与恶、光明与黑暗的对比中得到启迪。而路遥的《平凡的世界》、史铁生的《病隙碎笔》等作品充满着理想主义色彩，比较适合青年人读，可以激励我们去与命运、自然抗争和拼搏。

此外，传统文化是一个国家和民族历史创造的集体记忆与精神寄托，《论语》、《古文观止》、《史记》等国学经典将使我们从中一窥华夏民族文化的博大精深；而《果壳里的宇宙》、《人类的故事》等科普读物可以激发我们认识世界、热爱科学的精神，丰富我们的科学知识；《富兰克林自传》等名人传记则对我们树立远大理想、陶冶情操有很大的指导作用……

为使本书更适合中学生阅读，我们在编写过程中，联系当前中学语文教学、考试的实际情况，并在学生中进行了大量的调查，了解到读者在阅读这些作品时遇到的难点、疑点。针对这些问题，我们在每一部著作的导读文章中，设立了"作者简介"、"写作背景"、"内容精要"、"地位影响"等栏目，更方便中学生对该书的写作背景、作者情况、写作目的和全书内容有个初步的了解；"华文精选"部分介绍了全书中脍炙人口的经典词句，既可使中学生品味其深邃的哲理或诗意，又方便摘记这些优美的词句，了解其出处；"阅读指导"和"名家导读"等栏目可帮助读者了解作品中的精彩内容和难点，从而更清楚地把握哪些应该精读，哪些应该泛读，做到泛读与精读合理组合，收获更多；"人物评析"一栏对书中主要人物的评价，有利于中学生加深对其形象的理解；此外，我们还设立了"延伸阅读"这一栏目，向同学们推荐在闲暇时间可选读的部分佳作；由于图书市场上这些著作版本很多，质量差距较大，我们特意增加了"版本推荐"这一栏，为读者推荐所选书目的最好的版本；此外，书中还精心设置了各种有创意的思考题，帮助学生养成带着问题读书和读书之后反思的习惯。全书体系清晰，图文并茂，寓知识性和趣味性于一体。

好书是人一辈子的良师益友，一部好书中珍藏着无尽的宝藏。相信我们为您精心选择的这些经典书籍，将如同指路明灯，照亮您前进的路。这些经典作品不仅可以让读者朋友品味一时，更可以受益一生。

编　者

目　录

名人传

罗曼·罗兰（1866~1944），这个名字就像一颗恒星，永久地闪耀着光芒。这位法国著名作家和音乐史专家，以他文学作品中的高尚理想和他所描绘的不同种类的人物形象以及其对真理的热爱而影响了世界文学史。在世界文学领域里，罗曼·罗兰占据着举足轻重的地位。

罗曼·罗兰出生于法国中部高原上的小市镇克拉姆西，1899年毕业于法国巴黎高等师范学校后入罗马法国考古学校读研究生，归国后在巴黎高等师范学校和巴黎大学讲授艺术史，并从事文艺创作。

罗曼·罗兰的一生贯穿着人道主义精神。其创作前期受托尔斯泰影响较深，主张全人类抽象的"爱"，以"英雄精神"对抗资本主义的社会沉沦和文化堕落，提倡艺术为普通人服务。第一次世界大战和十月革命胜利后，罗曼·罗兰深刻地认识到帝国主义是战争的根源，对无产阶级革命寄予希望。他积极投身于进步政治运动，成为具有国际影响力的反帝反法西斯主义文艺战士。

罗曼·罗兰一生创作了大量的戏剧、小说、传记和音乐史论著作，最重要的有《革命戏剧》八部、《名人传》、《约翰·克利斯朵夫》等。其中《约翰·克利斯朵夫》堪称20世纪最伟大的小说之一，先后获得1913年的法兰西学院文学奖和1915年的诺贝尔文学奖。这部小说代表了罗曼·罗兰一生创作的主要成就。他用豪爽、质朴的文笔刻画了在时代风浪中为追求正义与光明而奋勇前进的知识分子形象，控诉了资本主义社会对艺术的摧残。

罗曼·罗兰被《不列颠百科全书》称为"20世纪法国文学中最伟大的神秘主义者之一"、"人类深深爱戴的作家"。1944年12月30日，这位伟大的作家永远停止了他自己的战斗生涯，告别了人世。然而，他充满战斗的一生、他为人类创作的众多精神食粮、他那不屈于黑暗势力的崇高人格、却将永远与人类同在，永远鼓舞后人。

　　《名人传》是法国作家罗曼·罗兰所著的《贝多芬传》、《米开朗琪罗传》和《托尔斯泰传》的合称。书中的三位名人都是世界级的艺术大师，他们的人生丰富多彩，他们的作品精深宏博，他们的影响历经世代而不衰。为了向世人展示这三位艺术大师不朽的一生，作者没有拘泥于对传主的生平做琐屑的表述，也没有一般性地追溯他们的创作历程，而是紧紧把握住这三位在各自领域有杰出表现的艺术家的共同之处，着力刻画了他们为追求真、善、美而长期忍受苦难的心路历程，以感人肺腑的笔墨写出了他们与命运抗争的崇高勇气和担荷苦难的伟大情怀。三部传记合在一起，形成了强烈的共鸣，如同一曲让人荡气回肠的"英雄交响曲"。

　　《名人传》告诉我们：悲惨命运不只降临于普通人，它同样也降临在伟人身上，享有盛名并不能使他们免除痛苦的考验。我们可以从中得知，遭受磨难的不只是我们，还有许多杰出的灵魂与我们同在，与我们承受同样的苦难。罗曼·罗兰的《名人传》是人类心灵的三份手稿、以激情文字谱写的三首英雄赞歌。中学生应将书中的三位名人作为自己的精神导师，指引自己在人生路上勇敢前进。

阅读重点

　　作者紧紧抓住英雄伟人痛苦的心灵，把战胜苦难作为衡量英雄的一把闪亮的标尺，揭示了人类历史上三位苦难英雄的内心世界。

　　作者遵循历史的真实性，避免虚构，运用主人公的原话、同时代人的证明、时代文献等，使三位大师以真实的面貌出现在读者面前。

书海导航

　　【写作背景】20世纪初，整个欧洲资本主义社会普遍存在着拜金主义的倾向，一切都以利己为中心的价值观念使社会变得庸俗不堪。在物质利益决定一切、欺小凌弱和暴力成为国际秩序的时代，人们需要的是高尚的精神，甘愿自我牺牲、以痛苦为人类献祭的榜样。因此，罗曼·罗兰想用英雄主义的精神来矫正时代的偏向，他选择了19世纪德国音乐家贝多芬、文艺复兴时期意大利雕塑家米开朗琪罗和19世纪俄国作家托尔斯泰，为他们立传，是希望这些艺术巨匠的精神能引导人们脱离低级的生活。

【内容精要】《名人传》包括《贝多芬传》、《米开朗琪罗传》和《托尔斯泰传》三部传记。本书并非单一地介绍主人公的生平，而是运用优美而又饱含深情的文字，着重叙述了贝多芬、米开朗琪罗、托尔斯泰这三位伟大的天才，在其忧患叠加的人生旅途上，为能创造出不朽杰作而献出毕生的精力。罗曼·罗兰以其生花妙笔将我们带进艺术家们的内心世界，使我们在了解他们的真实生活的同时，获得精神上的鼓舞。

罗曼·罗兰在《名人传》中遵循着历史的真实性，避免虚构。他运用主人公的原话、同时代人的证明、时代文献等，使贝多芬、米开朗琪罗、托尔斯泰三位大师以真实的面貌出现在读者面前。作者通过三位传主最普通和最重要的活动，突出了他们的个性。在书中，罗兰虽然始终把英雄主义、伟大人物的精神面貌提到首位，但他并没有把他们理想化，而是真实地写出了他们的局限和弱点。在罗兰的笔下，这些伟人之所以伟大，正在于他们能够克服自身的缺点，从而获得超越。

在《名人传》中，罗曼·罗兰描绘的三位艺术家是不同领域的天才，因此，他用不同的笔法将他们精神和肉体上所受的折磨、生命的伟大和丰满展现在我们的面前，为我们谱写了一曲生命的赞歌。贝多芬是音乐家，米开朗琪罗是雕塑家、画家和诗人，他们的艺术作品不同于托尔斯泰的文字作品，所以，罗曼·罗兰并没有用文字去描绘前二者的作品，而是侧重于揭示这两位创作出杰出艺术品的大师的精神和心灵世界。贝多芬与米开朗琪罗也是不同的。贝多芬天性乐观，他希望快乐，即使身陷悲苦的深渊，他也要歌唱欢乐。因此，在《贝多芬传》中，作者刻画的是贝多芬以一种无可抗拒的力量扫空忧郁，扼住命运咽喉的骄傲的生命历程。米开朗琪罗内心是忧郁的，他的心中弥漫着黑暗，因此，在《米开朗琪罗传》中，罗曼·罗兰刻画的是一个悲剧式的人物。这种对主人公内心黑暗的描绘，不仅可以让我们感受到生命的痛苦以及由这种痛苦而带来的伟大，而且我们可以由此更好地理解米开朗琪罗所创作的艺术作品。《托尔斯泰传》是这三篇传记中最长的一篇，也是对主人公的生平及创作刻画得最详细的一篇。罗曼·罗兰在这本传记中用很大的篇幅来分析托尔斯泰的作品，通过这些分析来展现其精神和心灵世界。

贝多芬用痛苦换来的欢乐化成了不朽的音乐；米开朗琪罗用他生命的鲜血雕塑了后人须仰视才见的巨作；托尔斯泰相信"当一切人都实现了幸福的时候，尘世才能有幸福存在"。凭借对人类的爱、对人类的信心，他们为人类留下光辉的艺术杰作，而罗曼·罗兰则使这三位艺术大师的形象永远为世人所敬仰，彪炳史册。

【地位影响】在罗曼·罗兰看来，真正的英雄，其伟大之处是能战胜痛苦和孤独，是自我同无形物的抗争。罗曼·罗兰正是紧紧抓住了英雄伟人痛苦的心灵，把战胜苦难作为衡量英雄的一把闪亮的标尺，从而使他的《名人传》成为揭示人类历史上三位苦难英雄真实的内心世界的传记。通过本书，读者可以走进三位大师的内心世界，倾听他们的心声，在与这些伟人进行心的交流的同时，获得精神上的启迪。

华文精选

人生是艰苦的。在不甘于平庸、凡俗的人看来，那是一场无休无止的斗争。往往是悲惨的、没有光华的、没有幸福的、在孤独与静寂中展开的斗争。

世界不给他欢乐，他却创造了欢乐来给予世界！他用他的苦难来铸成欢乐，好似他用那句豪语来说明的——那是可以总结他一生，可以成为一切英勇心灵的箴言的："用痛苦换来欢乐。"

阅读指导

感受崇高

早在 20 世纪 30~40 年代，《名人传》就由我国著名翻译家傅雷先生译成中文，一流的传主、一流的作者加上一流的译者，使这部作品很快成为经典名著，时至今日仍深受广大读者的喜爱。20 世纪的前半期是人类历史上风云激荡又苦难深重的时期，罗曼·罗兰创作《名人传》，傅雷先生翻译《名人传》，都是有感而为，是要从这些伟人的生涯中汲取生存的力量和战斗的勇气。傅雷先生说，"在阴霾遮蔽了整个天空的时候"，他从《名人传》中得到的启示是："唯有真实的苦难，才能驱除幻想的苦难；唯有克服苦难的壮烈的悲剧，才能帮助我们担受残酷的命运；唯有抱着'我不入地狱谁入地狱'的精神，才能挽救一个委靡而自私的民族。"这是我十五年前初次读到《名人传》时所得的教训。

那么，对于今天的读者来说，《名人传》又能给予我们什么呢？在一个物质生活极度丰富而精神生活相对贫弱的时代，在一个人们躲避崇高、告别崇高而自甘平庸的社会里，《名人传》给予我们的也许更多的是尴尬，因为这些巨人的生涯就像一面明镜，使我们的卑劣与渺小纤毫毕现，我们宁愿去赞美他们的作品而不愿去感受他们人格的伟大。

在《米开朗琪罗传》的结尾，罗曼·罗兰说，伟大的心魂有如崇山峻岭，"我不说普通的人类都能在高峰上生存，但一年一度他们应上去顶礼。在那里，他们可以变换一下肺中的呼吸与脉管中的血流。在那里，他们将感到更迫近永恒。以后，他们再回到人生的广原，心中充满了日常战斗的勇气"。对于我们的时代，这实在是金石之言。

《名人传》非常好地印证了一句中国人的古训："古今之成大事业者，非唯有超世之才，亦必有坚忍不拔之志。"贝多芬的"在伤心隐忍中找栖身"、米开朗琪罗的"愈受苦愈使我喜欢"、托尔斯泰的"我哭泣，我痛苦，我只是欲求真理"，无不表明伟大的人生就是一场无休无止的战斗。我们的时代千变万化、充满机遇，我们渴望成功，但我们却不想奋斗。我们要的是一夜成名，浮躁和急功近利或许会使我们取得昙花一现的成就，但绝不能让我们跻身人类中的不朽者之列。因此，读读《名人传》也许会让我们清醒一些。（李瑞华）

名家导读

传记里的三人，一位是音乐家，一位是雕塑家兼画家，一位是小说家，各有自己的园地。三部传记都着重记载伟大的天才，在人生忧患困顿的征途上，为寻求真理和正义，为创造能表现真、善、美的不朽杰作，献出了毕生精力。他们或由病痛的折磨，或由遭遇的悲惨，或由内心的惶惑矛盾，或三者交叠加于一身，深重的苦恼，几乎窒息了呼吸，毁灭了理智。他们所以能坚持自己艰苦的历程，全靠他们对人类的爱、对人类的信心。罗曼·罗兰把这三位伟大的天才称为"英雄"。

——著名作家 杨 绛

这部杰出的传记无论在国内还是在国外都激励了不止一代读者。对于今天的读者来说，《名人传》仍是一本值得反复阅读的好书。

——《法国小说史》

感谢《名人传》

人生之路坎坷不平,仅经十五个春秋的我,却已尝尽酸甜苦辣。在这条路上,影响我的人和事并不少,但我首先应感谢罗曼·罗兰写出的这部惊天地、泣鬼神的《名人传》,是它不断激励我披荆斩棘、奋勇前进。

《名人传》中的人和事已变成了我人生道路上的一盏明灯,照亮我前进的道路。当我失败时,它鼓励我不要畏惧困难和挫折,奋勇前进,去追逐成功的喜悦。当我想放弃时,它劝告我不经风雨怎会见彩虹,苦尽才会甘来,只有不懈地追求,不停地奋斗,才会有成功的希望。当我懊丧时,它使我找回自信,抛弃烦恼,努力拼搏。当我徘徊时,它激励我战胜阻碍,奋勇前进,用自己的行动换回成功的果实。当我成功时,它警示我,成功的背后往往孕育着失败,开拓进取,换回新的成功才是最重要的……

在人生道路上,困难、挫折肯定少不了,然而这些已不再重要。《名人传》使我坚信:只要拼搏奋斗,再大的困难也会被踏平——我感谢《名人传》!(袁栋栋)

与命运抗争

寒假中,我读了《名人传》,其中包括《托尔斯泰传》、《米开朗琪罗传》和《贝多芬传》。读完后,我感触很深。

面对人生中遇到的困难与挫折,我们表现出的往往是胆怯和逃避,不能直接面对它们,更谈不上克服它们了。虽然,托尔斯泰、米开朗琪罗和贝多芬的一生都是十分痛苦的,经历了无数的磨难与挫折,但他们却从未停止过奋斗,而是用他们的顽强意志和毕生精力创造出了他们伟大而传奇的人生。我们又何尝不可像他们一样,用自己的信心、努力和勇气去面对挫折和磨难呢?

想要成功,就必须打败怯懦。伟大的英雄们在一生当中也同样遇到了许多的磨难,如果他们也像我们一样只会逃避,不懂得如何去面对,那么他们又怎么能称得上是英雄呢?

海伦·凯勒从小就是残疾人,但她不但没有放弃,反而更加努力,为长大以后有所成就打下了基础。

人生中的困难是必然的，但能不能去克服它们，取决于自身。在遇到挫折时，我们一定要想到这样一句话："锲而舍之，朽木不折；锲而不舍，金石可镂。"

如果你没有解决困难的信心和勇气，那么别人给你再多的帮助也是徒劳的。不要再退缩，不要再逃避了，让我们鼓起勇气去面对困难，创造我们美好的将来吧！相信明天会更好！（佚　名）

思　考

仿照罗曼·罗兰，也用一句话给你心目中的英雄下个定义，并思考在中国历史上，哪些人物符合书中"英雄"的标准，以及我们这个时代需要什么样的英雄。

鲁滨孙漂流记

丹尼尔·笛福（1660～1731），作为英国现实主义小说的开山人，现实中的他就像鲁滨孙一样有着非凡的传奇经历。他出生在清教徒商人家庭，20多岁开始经商，从事过多种行业，到过欧洲大陆许多国家。笛福并非一个远离政治的商人，他的政治立场属于新兴资产阶级，他积极参与各种政治活动，甚至为政客们充当秘密情报员。他四处冒险，并因此获得声誉和地位，但也因针砭时弊而三次入狱，几次经历逃亡的艰辛。在年届六十之际他开始创作《鲁滨孙漂流记》，这是他第一部，也是写得最成功的一部作品。他因此博得了"英国和欧洲小说之父"的称号。

此后，笛福又写了许多小说，其中较为著名的有《辛格顿船长》（1720年）、《摩尔·弗兰德斯》（1722年）、《杰克上校》（1722年）等。他的小说多采用流浪汉小说的形式，通过普通人的遭遇和命运，反映了18世纪初期英国资本主义生活方式形成时的现实。笛福晚年生活十分贫困，他临死前为了躲债不得不离家出走，1731 年，他客死异乡。

学过《荒岛余生》这篇文章的同学一定都很喜欢鲁滨孙在荒岛上与自然顽强搏斗，为求得生存而建造小屋、寻找食物，对付野人和野兽的袭击的故事。那么，你是否还想知道究竟是什么力量的支撑令鲁滨孙在沦落孤岛、身处绝境时竟能克服常人难以面对的困难，勇敢地活下去？《鲁滨孙漂流记》这本书会给你答案。笛福的这部小说一问世即风靡全球、畅销不衰，在世界各地拥有一代又一代的读者。据说，除了《圣经》之外，《鲁滨孙漂流记》是再版最多的一本书。

有一位教育专家曾经说过，在一个青少年的成长道路上，应该让他阅读的第一本书就是《鲁滨孙漂流记》。因为作为一个人，首先应该学会的便是如何生存。

《鲁滨孙漂流记》的影响是巨大而深远的，它不仅为笛福赢得近 500 个名誉头衔，而且各种译本、仿作出了近 700 种。法国启蒙哲学家卢梭在其著作《爱弥儿》中将它作为爱弥儿 15 岁时的必读书，因此，本书成为教育史上的里程碑，是西方青少年最喜爱的一部小说。此外，《鲁滨孙漂流记》还引发了许多伟大哲人的思考，马克思和恩格斯在他们的著作中曾数次引用鲁滨孙的故事来说明资产阶级的本性。可以说，这部小说是一部雅俗共赏的经典名著。

阅读重点

本书可谓 18 世纪欧洲第一部最主要的长篇小说，其最大的艺术成就是在世界文学中塑造了第一个资产阶级正面典型形象。

作者用生动逼真的细节，把虚构的情景写得使人如同身临其境，故事具有强烈的真实感。

书海导航

【写作背景】本书成书于 1719 年左右，是 18 世纪英国著名作家丹尼尔·笛福受一个名叫塞尔柯克的苏格兰水手的海上历险经历启发而写成的。笛福本人的生活经历相当丰富，年轻时在多种行业中谋过职，混迹于复杂的英国政坛。年近花甲时，他提笔创作《鲁滨孙漂流记》，获得极大的成功。书中主人公鲁滨孙在流落荒岛以后所体现出来的进取精神以及挑战自然的信心与勇气受到了当时人们的广泛推崇，而笛福也因本书的成功被喻为"英国小说之父"，并因此奠定了其英国小说鼻祖的地位。

【内容精要】《鲁滨孙漂流记》讲的是主人公鲁滨孙漂流孤岛，独居28年，历尽艰难困苦，终成巨富返乡的故事。这本小说通过鲁滨孙的故事，赞美了劳动，赞美了人对自然的斗争，同时也反映了处于资本主义原始积累时期的新兴资产阶级的理想与追求。卢梭认为，这本书对自然教育进行了形象、精彩的论述，"我们关于自然科学的一切谈话，都不过是对它的一个注释罢了"，所以他选定这本书作为爱弥儿消遣和学习的读物。

本书描写的故事充满惊险和传奇，它突出了人与自然的斗争，不仅生动有趣，还可使读者从中深切感受到主人公鲁滨孙勇敢、坚强和不屈不挠的男子汉气概，以及人类的智慧和巨大创造力。

《鲁滨孙漂流记》最大的艺术成就是在世界文学史上塑造了第一个资产阶级正面典型形象。鲁滨孙不安于平静的家庭生活，把遨游四海作为自己的人生理想，一旦成人，就违背父命私自出海远航，他有一股压抑不住的冒险的进取精神。他白手起家的传奇经历是每一位不甘于平庸生活的年轻人的梦想。流落荒岛后，他不是听天由命，坐以待毙，而是发挥自己全部才智，不断用自己的劳动改善自己的伙食和居住条件，从无到有，从少到多，从粗到精，创建了自己的王国。他通过劳动成为自然的主人，在某种意义上，本书是一曲对劳动的礼赞。鲁滨孙所处时代正是资本主义四处扩张的时代，在他身上充分地体现了资产阶级上升时期富于冒险、充满野心、百折不回的顽强毅力和一种斗志。因此，鲁滨孙很自然地成了中小资产阶级心目中的英雄。

在英国文学中，本书是第一部现实主义的小说。作者在序言中曾强调指出："这本书完全是事实的记载，毫无半点捏造的痕迹。"笛福把假想的事物写得栩栩如生，准确生动并细致地描写出各种事物和现象的特征。作者惊人的叙事手法达到了逼真的境界，正如著名评论家埃文斯所说："小说信笔直书，像闹钟一样，发条走完就自动停下来，但只要还在走动，注意力就仍吸引在那里。"

【地位影响】《鲁滨孙漂流记》是一部成功的现实主义小说，对英国小说的发展起了积极的作用。笛福采用了第一人称和回忆录的形式，用日记的穿插方式生动记下了书中人物内心的感受和对事物的思考。文体简朴、明晰，语句通俗、浅显，作者特别强调文章要有简明的风格，正因如此，本书才能广泛在群众中流传。小说主人公鲁滨孙也因此成为欧洲文学史上一个著名的文学形象。

该书是世界文学宝库中一部不朽的名著，在这部作品中，笛福热情歌颂了人与自然的顽强斗争。尽管几个世纪的时间过去了，但是人类认识和改造自然的斗争远远没有完结，只要这种斗争没有完结，人类就永远需要这种百折不挠的精神，就永远要从前人的斗争中吸取精神力量。也正是因为这样，《鲁滨孙漂流记》才会历经近三百年而不衰，至今仍然具有振奋和鼓舞人的斗志的巨大力量。

华文精选

什么是人生的杰作？什么是伟人的功业？带着表面上的辉煌胜利而通过了世界舞台的这些人，就是所说的英雄吗？声名卓著，青史留名，就变得伟大了吗？那不过是为子孙后代编造的一个故事，直到它演变成了传说、传奇。

世界上一切好东西对于我们，除了拿来使用之外，没别的好处。

一个人只是呆呆地坐着，空想自己所得不到的东西，是没有用的，这个绝对的真理，使我重新振作起来。

阅读指导

28 年孤岛生涯历险记

1704 年，一名英格兰水手因与船长发生冲突，航行途中被丢弃在一个荒岛上。四年后一位航海家发现并救回了他。此时，他几乎已经变成茹毛饮血的野人了。这则轰动一时的奇闻，激发了英国作家笛福的灵感，他以此为素材，匠心独运地创作了一部举世闻名的冒险小说《鲁滨孙漂流记》。

鲁滨孙出身于中等资产家庭，但他不甘于舒适享受和庸碌度日，热心海上冒险。他第三次航海到巴西，成了当地一名庄园主。当鲁滨孙再度远航到西非时，不幸在西印度群岛触礁，全船覆没，仅他一个人幸存，独自漂到一个渺无人烟的荒岛上，从此开始了不可思议的孤岛生涯。

在长达28年的与世隔绝的荒岛生涯中，鲁滨孙经受了数不清的严峻考验：地震、旱灾、疾病，以及工具材料不齐，因缺乏经验劳而无功等，但他从不灰心颓丧，以"不成功决不放手"的顽强意志，用双手克服无数困难，并逐步建起美好家园。有一次，鲁滨孙从来岛上开人肉宴的土人手中救出了一个将要被杀死的俘虏。这天正是星期五，所以便给他取名"星期五"，收为自己的仆人和朋友。此后，鲁滨孙又从另一批土人手中救出了"星期五"的父亲和一名西班牙人。此时一艘英国船只恰好在岛上抛锚，船长被哗变的水手抛在岸上。鲁滨孙当机立断地带领"星期五"，帮助船长夺回了大船，他也就此结束了荒岛生涯，乘船返回了阔别30多年的故国。

《鲁滨孙漂流记》是一部启蒙主义的代表作。鲁滨孙这个人物，是欧洲启蒙主义第一次出现在资产阶级上升时期的正面形象，正像恩格斯所说的是一个"真正的资产者"。尽管他本质上是一个以剥削他人而生存的殖民者，但是那种勇往直前、百折不挠的冒险精神，那种顽强坚毅、不畏困难的斗志，那种凭双手实干以求生存与发展的信念，在当时无疑具有一定的积极意义。因此，英国评论家杰克这样说："人们如果要重新抓住资产阶级在它的年轻的、革命的、上升时期的旺盛而自信的精神，那么最好的导引无过于笛福的《鲁滨孙漂流记》了。"

由于小说采用第一人称自述的形式，加之孤岛生涯中细节描写的逼真，因而取得了"以假乱真"的艺术效果，几乎让人觉得真有其人。小说于1719年出版后，受到世界各国老少读者的热烈欢迎，笛福也因此而被誉为"英国和欧洲小说之父"。著名的美国专栏作家费迪曼教授这样评论说："孩童时期，这部书只是读来有趣，成人之后再去读，就会知道这是不朽的杰作。"（佚　名）

生命的张力

世界上没有伟大的人物，但有伟大的挑战与奋斗！18世纪初，英国人笛福以自传式游记的形式，为世人塑造了一个迎接伟大挑战的平凡人——鲁滨孙。他的冒险故事不但流传世界各国，同时鲁滨孙这个名字也成为冒险家的代名词。

故事的主人公鲁滨孙不顾双亲反对，决意舍弃家乡发展事业，一心想要航海，出外实现他遍游世界的梦想。可是从他踏上第一艘船的那一刻起，就注定了必须时时面对危险的命运。在一次海难中，他失去了同伴，失去了船，独自沦落到一座人迹绝至的荒岛上。但他并没有茫然失措地坐待死神的召唤，反而冷静地以智慧和毅力化解重重危机。他利用简单的工具搭建居所、制造器物、播种大麦、驯养禽畜，甚至收服野人，成为荒岛之王、万物主宰。最后因为援助一位英籍船长收复失船，才在离家28年后回到人事已非的故乡。

我所喜欢的是小说中一个个细小的情节：鲁滨孙精心营造自己的堡垒；鲁滨孙圈养小山羊；鲁滨孙狩猎；鲁滨孙在葡萄林子里吃了个饱，又把吃不完的葡萄背回来晒成葡萄干；鲁滨孙的"消夏别墅"；鲁滨孙教"星期五"说话等。为什么这些琐碎的细节让我们读起来如此的兴趣盎然，因为鲁滨孙并未做出什么惊天动地的事情，而是和我们一样在生活着；但这些琐碎的细节却又是鲁滨孙同困境对抗的过程，且这些困境是几乎每个人都曾体会到的：黑暗、饥饿、恐惧、孤独。鲁滨孙的经历之所以具有传奇性是因为在一个特定的环境中，困境被放大了，对抗困境的时间被拉长了。

当初，笛福在塑造这个人物时，为他取名鲁滨孙，意为罗宾汉之子。罗宾汉是传说中统御森林的侠盗，"他的儿子"自然也有不畏艰难、统御万物的能力。所以我们看到的鲁滨孙，总能在最痛苦的经验里找到安慰自己的事物，继而燃起奋力一战的勇气。

我有的时候想，生命不妨被划分成一个个困境，在对抗困境的过程中，时间被慢慢消解。鲁滨孙可以被命运抛掷到无人荒岛，也许我们也会遭遇同样的经历，那时的我们应该如何生存下去呢？而在物质充盈、工具现代化的社会中，我们又有多少勇气可以对抗困境啊？

其实，在真实的人生里，面对大大小小的挑战，每个人都必须单打独斗。如果我们永不放弃奋斗，就能成为主宰自我命运的鲁滨孙，进而建立一个属于自己的王国。

衡量一个人成功与否的标准往往是他站得多高，看得多远，取得了多大的成就，可是轻若浮尘的柳絮尚且有"好风凭借力，送我上青云"的时候，生命张力的真正体现恰恰在于他可以负荷多大的困难和在困境的重压下能否伸缩自如，不是吗？

不同时代的政治家、经济学家、宗教人士、文学史家和文艺评论家，可以从各个角度解读《鲁滨孙漂流记》，但一般读者，不论是青少年或中老年，大多把其作为一部冒险小说来阅读消遣而已。事实上，这部小说之所以风靡当时而又历久不衰，并不是因为历代评论家的种种褒扬，而是因为

《鲁滨孙漂流记》以生动的、吸引人的故事表达了只要有志气、有毅力、爱劳动，就可以做出不平凡的事业，这就是《鲁滨孙漂流记》至今还没有失去，而且永不会失去它的光彩的原因。（雪　薇）

名家导读

　　《鲁滨孙漂流记》是一部包含每个人生活的寓言……说到底，我们每个人都是孤独的，都遭受孤寂的折磨。笛福象征性地描述了这种孤独："把鲁滨孙和上帝一起抛到了荒岛上。"因此《鲁滨孙漂流记》其实是描述了一种普通人的经历感受的寓言故事，因为我们都是鲁滨孙，像鲁滨孙那样孤独是人的命运。

——英国文学史家　艾　伦

　　《鲁滨孙漂流记》是世界名作之一，一出版就获得极大成功……笛福善于杜撰故事，鲁滨孙让人觉得简直真有其人。

——美国作家　费迪曼

　　《鲁滨孙漂流记》具有典型的现实主义风格，全书具有很大的吸引力，对英国的小说创作产生过重大影响。

——《世界文学史》

青春感悟

以乐观的态度面对人生

　　《鲁滨孙漂流记》一书大家一定都听说过。这本书介绍了鲁滨孙出海到国外，随后去经营生意时，因为大风大浪，被冲到一座渺无人烟的孤岛上去。他因此面临着吃、穿、住以及个人的安全等一系列问题，为此他进行了一系列的奋斗：从搭建城堡、捕捉野兽、学会放牧、研制奶酪，到抵抗野人、逃避外人，等等。当然，在近28年的漂泊生涯中，他一直渴望有一个知心朋友。自从"星期五"、外国商人等人物出现，鲁滨孙才摆脱了孤单，摆脱了困境，摆脱了这片孤岛，重新返回了大陆。

　　在这本书中，主人公鲁滨孙可以说在我的心中树立起了高大的英雄形象。他能克服种种困难，并想出许多办法来完善充实自己的生活。他自制出的家具虽是稀奇古怪，但十分实用。在这么艰难困苦的环境下，能够那么沉着冷静地面对生活，真是了不起！书中把主人公的勇敢精神描写得真是淋漓尽致。其中一场鲁滨孙打算解救被野人抓住的俘虏章节真是扣人心弦。当野人们在开"宴会"时，鲁滨孙先是打算观望一会儿，但看到他们惨无人道地屠杀行为时，他忍不住冲了上去，与野人展开了战斗，最后解救出了俘虏。

看到这一段，仿佛鲁滨孙这一人物跃然纸上。虽说是众多冒险中的小小一例，但能反映出鲁滨孙的那种没有畏惧的精神。另外，我对书中每个配角人物也都很喜欢，虽然"星期五"他原本是野人，但他的内心却很善良，而且对鲁滨孙忠心不二，为鲁滨孙做了很多事儿。还有那几个英国商人：有的胆大心细，有的胆小如鼠，有的是敌，有的是友，但各有所长。就比如说那个最胆小的，虽然打仗时不敢往前冲，可十分机智，点子特多，这不也是优点吗？

看完这本书后，我懂得了一个很深刻的道理：在困难面前绝不能屈服，而要想办法去摆脱其中困境。从某种意义上说，遇到困难不一定是不好的事。邹韬奋曾经说过："真正的乐观主义者是用积极的精神向前奋斗到底的人，是战胜愁苦的人。"书中的主人公鲁滨孙就是这样的人。他能够以乐观的态度来面对人生，这是十分可贵的人生态度。美国的海伦·凯蒂也曾讲过："安全感多半是一种迷信——它既不存在于大自然中，人类也从不曾体会它的存在。"事实上，人生本来就是一场勇往直前的历险记。在困境中往往能磨炼出一种顺境中无法达到的精神或毅力。虽说鲁滨孙不是刻意地去寻求困境来磨炼自己，但他那种求生的欲望和在困难面前不屈服的精神还是很值得我们学习的。

人生虽不能选择富与贫，也不能选择顺境与困境，但用一种什么样的态度来面对人生，那是自己的选择。（黄灏然）

做命运的主人

《鲁滨孙漂流记》这本书文字流畅，朴素生动，值得一读。对我来说，这是本教会我们如何对待挫折的书。

这本小说，最吸引我之处是：鲁滨孙孤身一人面对困难和挫折，克服了许多常人无法想象的困难，自己动手，丰衣足食，以惊人的毅力顽强地活了下来。他搭窑烧罐失败后总结经验教训，终于成功；磨粮食没有石磨，他就用木头代替；没有筛子，就用围巾。就这样，鲁滨孙在荒岛上解决了自己的生存难题。面对人生挫折，鲁滨孙的所作所为，显示了一个男子汉的坚毅性格和创造精神。

人生的路并不好走。它坎坷，它不平，到处有荆棘、石头、高山、急流。人生并不是布满绚烂多姿的朝霞，它是由痛苦、磨难、幸福、欢乐的丝线织成的一张网。

假如，我在人生道路上跌倒了，我将怎么办？是气馁、消沉？还是积极、奋发？我会选择后者。我愿做那雄鹰，在蓝天翱翔！

假如，我受挫了，我将积极对待失败，认真思考失败的原因。我时常以这句话来鞭策自己："天不总是蓝的，水不总是清的，草不总是绿的，花不总是艳的，当然人生不可能一帆风顺！"花要凋落，小草要枯萎；但春天又给了它们以新的生机。《鲁滨孙漂流记》给我以启迪：只有奋斗，才有出路。我再遭遇失败，绝不会做懦夫，会奋起，拍去身上尘土，去冲锋。我想：失败是暂时的，一切都将过去。暴风雨终会过去，太阳必将普照大地。生活会折磨人，但我不会失去欢乐、信心、希望、追求！我要挑战自己，做命运的主人。这就是我读《鲁滨孙漂流记》后所想到的。（汪　晟）

思　考

鲁滨孙勇往直前、百折不挠的冒险精神，顽强坚毅、不畏困难的斗志，凭双手实干以求生存与发展的信念，以及他超人的智慧，吸引和鼓舞了一代又一代的读者，尤其是广大的青少年读者。读完本书，试想一下，如果你独自一人身处荒岛时，你将怎样生活呢？

格列佛游记

乔纳森·斯威夫特（1667～1745），英国18世纪政论家、讽刺作家，出身于爱尔兰贫苦家庭。早年丧父，靠伯父资助读完大学。毕业后做过私人秘书、乡村牧师、报刊编辑和教堂教长。1710～1713年在伦敦居住，卷入党派斗争，深受托利党支部首领的器重。托利党人失势后，斯威夫特回到爱尔兰，在都柏林做圣派得立克教堂教长，终其一生。

斯威夫特的早期创作以《一个木桶的故事》为代表，揭露了政治的腐败。1710年起，发表《布商的书信》《一个温和的建议》等多篇政论，主要抨击英国的殖民统治，表达对爱尔兰人民的同情和对自由民主斗争精神的歌颂。代表作品《格列佛游记》无情鞭挞了英国社会的弊病和教会的丑恶。斯威夫特的作品多用讽刺、夸张手法，文笔简洁质朴，于对比之中刻画生动形象，主题尤为深刻。斯威夫特是启蒙运动激进派的代表，他所开创的讽刺文学对欧洲现实主义文学的发展产生了重大影响。

英国小说家斯威夫特的代表作《格列佛游记》是英国文学史上最优秀的讽刺小说之一，全书共分四卷，小说通过主人公英国外科医生格列佛周游"小人国"、"大人国"、"飞岛国"的奇遇，对18世纪前半期的英国进行了全面的讽刺和批判，抨击了当时的议会、司法等方面的黑暗，揭露了英国统治者的殖民政策，歌颂了劳动人民的反抗精神，具有鲜明的民主主义思想特色。

《格列佛游记》于1726年问世之后，立即震惊了当时的英国社会，也震动了世界文坛，出版后一星期，所有存书便被抢购一空。在伦敦，不论男女老幼，不论宫廷、官邸还是酒吧、小店，人人都在读这部书，到处都在议论这部书。自出版以来，它被翻译成数十种文字，成为世界各国文学爱好者的常备书，而书中的小人国和大人国的故事更是妇孺皆知。伏尔泰、拜伦、高尔基、鲁迅都非常推崇斯威夫特的这部作品，各国读者对于《格列佛游记》都给予了很高的评价。时过两百多年，《格列佛游记》不仅没被世人遗忘，反而更为世界人民所重视，它的足迹遍及整个世界，在世界进步文学的行列中放出永恒的光辉。

阅读重点

本书是开创英国文学史上讽刺风格的代表作品之一，不仅具有深刻的思想内容，而且还具有比较完美的艺术形式。作者巧妙地运用怪诞的情节、幻想的环境和夸张的手法反映了18世纪初期的社会矛盾，揭露并批判了英国统治阶级的腐败和罪恶。

【写作背景】《格列佛游记》的构思源于作者斯威夫特与朋友的一次聚会，斯威夫特谈到当时政界种种贪婪无耻的行径时激动万分，在嬉笑怒骂间，信笔开始了《格列佛游记》第一卷的创作。成书后经过无数次的增删修改，终于 1726 年匿名发表，并立刻在英国社会引起了很大争议。200 多年来，它被译成几十种文字，在世界各地广为流传。

【内容精要】大多数读者可能会对乔纳森·斯威夫特的名字较为陌生，但小人国、大人国的故事却差不多称得上家喻户晓。《格列佛游记》在一般人的心中仿佛是一本儿童读物，其实不然，书中神奇的想象、夸张的手段、寓言的笔法，固然是一般儿童读物普遍的特点，但《格列佛游记》是以其杰出的讽刺而垂名世界文学史的。本书主要描写了 1699 年外科医生格列佛随"羚羊号"出航南太平洋，不幸中途遇险。格列佛死里逃生，漂到小人国，从此，开始了一系列的奇遇。小说通过格列佛在利立浦特（小人国）、布罗卜丁奈格（大人国）、勒皮他（飞岛国）和慧骃国的奇遇，反映了 18 世纪前半期英国社会的一些矛盾，揭露并批判了英国统治阶级的腐败和罪恶及英国资产阶级在资本主义原始积累时期的疯狂掠夺和残酷剥削。

斯威夫特的讽刺艺术在《格列佛游记》中得到了充分的体现。他的讽刺手法是十分丰富的，其一，是运用反语进行讥讽。例如作者本来对人类利用火药的威力来发动战争、掠夺财富、残杀同类非常愤怒和鄙视，但他却在小说中用"对政治一无所知"等一系列反语来形容对火药嗤之以鼻的大人国国王。其二，是以类似漫画的夸张技巧描写各种怪诞的事物，如雅虎、勒皮他人和长生不老的人等。其三，他以一本正经的严肃态度、细致逼真的细节描写刻画了小人国的生活和斗争，极为成功地反映出当时英国的现实。其四，作者善于用严肃认真的口吻叙述渺小无聊的事情，关于利立浦特的历史的叙述就是极好的例子。斯威夫特的讽刺艺术具有高度的概括性，他善于通过具体的情节，深刻地揭露社会的丑恶现象和矛盾关系，并且往往能指出其某些本质。同时，斯威夫特将当时英国社会存在的种种矛盾含沙射影地融合进书中各国的政治斗争当中，读者在轻松的阅读过程中可以自然而然地联想到英国政坛的黑暗和对外的残酷掠夺。

【地位影响】　《格列佛游记》是最早被介绍到中国的英国文学名著。1872年被译做《谈瀛小录》登载于《申报》，受到读者的广泛欢迎，甚至影响到后来《镜花缘》、《老残游记》等作品的创作。

《格列佛游记》不仅具有深刻的思想内容，而且具有比较完美的艺术形式。斯威夫特用自己独特的手法和巧妙的情节设置，刻画了当时英国的现实，他根据当时英国的现实创造出一个丰富多彩的、童话般的幻想世界。斯威夫特的幻想和现实是和谐的、统一的，格列佛在小人国、大人国、飞岛、慧骃国的遭遇各不相同，但都安排得合情合理，毫无破绽。他每到一个幻想国度都受到不同的待遇，绘声绘色，使作品具有艺术的真实感，从而增加了作品的艺术感染力。

《格列佛游记》为世界各国人民所喜爱，英国著名作家乔治·奥威尔一生中读过这本书不下六次，他说，"如果要我开一份书目，列出哪怕其他书都被毁坏时也要保留的六本书，我一定会把《格列佛游记》列入其中。"本书对英国文学的发展也有着深远的影响，所以高尔基称斯威夫特为"伟大的文学创作者之一"。

华文精选

盲目可以使你增加勇气，因为你看不到什么危险。

我永远不愿做人家的工具，使一个自由、勇敢的民族沦为奴隶。

以怨报德的人应该是人类的公敌，他对待人类可能比他对待自己的恩人还要恶毒，因为世人没有施恩于他，这样的人根本不配生活在世上。

阅读指导

斯威夫特和他的《格列佛游记》

斯威夫特的传世之作中，以《格列佛游记》流传最广，也最为各国读者所喜爱。该书通过里梅尔·格列佛船长之口，叙述了他周游四国的奇特经历。在这些经历背后却处处揭露着英国社会的黑暗现实，并寄寓着作者的理想。

虽然格列佛起初以为小人国与英国毫不相像，但实际上小人国却是英国的写照。透过那似是荒谬的逻辑，我们看到的是：国王比他的臣民只高出一个指甲，却狂妄地自命为头顶天的宇宙统治者，以其无常的喜怒决定老百姓的命运；官吏们也无须德才兼备，只要跳绳跳得高，就可得到高官厚禄。

小人国的两党以鞋跟高矮为区分标志，这里影射的是当年英国的托利党（即保守党的前身）和辉格党（后来发展成自由党）两党政治；而吃鸡蛋时是从大头敲开还是从小头敲开，则指的是天主教与新教（亦称清教，即加尔文教派）之间关于教会仪式的无稽之争。为了这一区区争端，竟导致了小人国的内战，甚至殃及邻国。由于小人国里的警察制度和诬告成风，格列佛不得不逃离那里。

大人国的人无论体力还是理智都超过了那群"小人"。大人国里实行的是理想化的、有教养的君主政体，国王贤明而正直，经常关怀臣民，法律也是自由和福利的保障。

在大人国国王的要求下，格列佛向他介绍了英国的社会及制度，他的溢美之词在国王的追问下破绽百出。国王对英国存在的营私舞弊、侵略战争和法律不公大加指责，并指出其原因就在于人心的卑劣自私。

飞岛国的科学家脱离人民与实际，从事不着边际的"科学研究"，尤其是对属地的居民更采取残暴的手段：稍有叛逆，就将飞岛驾临上空，阻隔阳光，或降落到其国土上，将居民碾压成粉。这里揭露的正是英国对爱尔兰的殖民统治。

格列佛还到了一个魔术家的国度，在那里回溯了古罗马的政治，对比了英国的制度。此时，他的思想已从支持君主政体变为拥护共和了。不过，他还只是赞美处于"自然状态"下的宗法社会。如果这种看法还属于"浪漫的倒退"的话，格列佛对慧骃国的描述则指出了文明社会对于人类的腐蚀，表明只有生活在自然状态下的人，才是纯洁高尚的。这一观点后来被法国的卢梭发扬光大，成为浪漫主义文学的发端。

斯威夫特生活的时代是由培根开创的实验科学和牛顿奠定的古典力学方兴未艾之际。他笔下的小人国和大人国虽是虚构的，但其居民身高分别是正常人类的 1/12 和 12 倍。那里的一切建筑和器物，都具有数学比例的准确性，全书结构匀称而明显，这都符合理性思维的要求。

斯威夫特是在古典主义的哺育下成长起来的作家，他的文字功底极深，表现手法新颖，尽管隔着一层翻译，仍有许多值得我国青少年朋友学习和借鉴之处。（胡允桓）

从 YAHOO 说到《格列佛游记》

如果《格列佛游记》没有被列入必读书目里，可能很多少年朋友对这个名字还很生疏。不过你应该知道"YAHOO"（雅虎）吧，这个全世界最著名的网站的名字就出自《格列佛游记》。格列佛来到慧骃国，这里的马是高雅贤良的，而人却是一种野蛮粗俗的动物，"YAHOO"就是慧骃国里对人的称呼。

还记得少年时读《格列佛游记》时的震惊，尤其是读到格列佛最后游历到慧骃国，心里竟十分惶恐，人与马完全颠倒过来的状态，使我对自己作为人也感到很是困窘。一本书读下来，对作者斯威夫特也佩服得要命，他的想象力真是伟大，小人国、大人国、飞行的岛，各种奇妙的世界引人入胜。有相当长一段时间，我都沉迷于他制造的幻境中不能自拔，有时想象到了小人国的趾高气扬，有时又担忧万一不小心误入巨人国，或是到慧骃国，被人玩弄、鄙视，那该如何是好。

现在长大成人，我不会再为这样虚幻的想象而苦恼，也明白了斯威夫特写这本书的用意，"《格列佛游记》表面上酷似奇幻而诙谐的儿童读物，实际上却是一部对当时英国社会政治、法律、风俗、习惯暴露深刻、极富战斗性的现实主义作品。"不过少年时因为阅读这本书而产生的对人性的困惑却一直没有改变。《格列佛游记》令我对人性的圆满的自信消失了，作为一个人真的那么值得骄傲吗？格列佛在大人国里被当成一个玩具，他所得意的关于他的祖国先进的武器技术，被巨人嗤之以鼻；而在慧骃国里，人类成了"YAHOO"，连牲畜也不如，为了无聊的事情而殴斗；"和人类的种种腐败相比，这些四足的造物优秀而有德"。然而我并不认为这种对人性的自信的丧失是一种缺憾。长大成人以后，我深深感到自省对于一个人、对于人类是多么重要。因为缺了那种自满，我反而能够经常对自身的阴暗面进行认真的反省，从而不至于成为像"YAHOO"那样荒唐野蛮可笑的动物。斯威夫特所要讽刺的是17、18世纪的英国人，然而到今天，他的讽刺一样应验在没有长进的人类身上，那些为了无谓的纷争而进行一场又一场战争的人，那些肮脏的贪官，那些欺压百姓的狗官，他们多像

"YAHOO"。

我在想，如果我在成年时才读《格列佛游记》，我可能不会像少年时那样身临其境，全心投入，我受到的震撼可能会弱很多，我对人性的阴暗面的认识可能不会那么惊心动魄。所以我至今很庆幸自己在少年时期就读了这部伟大的小说。获得对人性的深刻理解比获得知识要重要得多，一个人的成长就是不断完善的过程，如果没有对人性阴暗面的反省，那么这个人很可能会变得自私、野蛮、贪婪，沦为"YAHOO"。

斯威夫特可以称得上是英国历史上最激烈的厌世主义者，他为自己降生于这个世界而悲哀。他在每年生日那天穿上黑衣服，绝食一天，后来进入精神病院。我对这个为人性中固有的阴暗面而悲哀到底的人一直怀有深深的敬意。（佚　名）

名家导读

《格列佛游记》在继承中世纪民间文学传统的基础上进行了创造性发展，从而为吉卜林的《莽林之书》、法朗士的《企鹅岛》、乔治·奥威尔的《动物庄园》等众多著名作品从各个方面树立了光辉的范例。

——著名学者　伍厚恺

《格列佛游记》讽刺笔触所至，范围甚为广泛，从不同角度涉及了当时英国的政治、哲学、司法、文教、宗教、道德等各个领域。斯威夫特借托虚幻的神奇故事，深蕴寓意，目的在讽喻当时的朝政，针砭时弊，揭露黑暗，否定现实。

——青年作家　金　耀

我们如果把斯威夫特的作品，尤其是《格列佛游记》和贺拉斯、蒲伯等讽刺大家的作品略加比较，就会看到斯威夫特作品的深刻思想内容与卓越的艺术手法，是发展了前人的成就，并且远非在他以前或和他同时的其他英国讽刺家所可比拟的。《格列佛游记》对某些社会现象所加的针砭、讽刺，就是在今天也还没有失去它的现实意义。

——著名学者　杨耀民

我与格列佛的游记

当我翻开《格列佛游记》时我立刻就为眼前的目录所吸引了：小人国历险、大人国历险、会飞的国家……这些字眼似乎被作者施加了魔力，我一看到这些就想快点往下看，想快点了解怎么会有小人国和大人国，国家又怎么会飞。带着这些疑问我认真地读起了第一章。

这本书讲的是格列佛以海上医生的身份随同一艘船出海航行，后遭遇风暴孤身一人涉险了一些神奇的国家，最后终于回到了自己的国家的故事。书中的第一卷"利立浦特游记"，写的是小人国里的臣民们明争暗斗的故事：小人们为什么要争斗不休呢？那其实都是为了一些无聊的小事。有的为皮靴的高低而分高跟党派和低跟党派；有的为吃鸡蛋是先打破小头还是大头而分大端派和小端派，并由此分为两个敌对的国家。这些可笑的事在现实生活中都是没有的，但作者正是通过这些可笑的小故事，来讽刺当时英国统治阶级内部无原则的党派斗争现象，他们为鸡毛蒜皮之类的小事而斤斤计较，却置国家人民的利益不顾，这些事例足以反映那时英国腐朽的上层社会的弊病。

《格列佛游记》情节曲折、玄妙，又不乏幽默，把格列佛的历险写得栩栩如生，有趣极了。虽然作者展现的是一个虚构的童话般的神奇世界，但它是以当时英国社会生活的真实为基础的。由于作者精确、细腻、贴切的描述，使人感觉不到它是虚构的幻景，似乎一切都是真情实事。例如，在描述小人与大人、人与物的比例关系时，一概按 1 与 12 之比缩小或放大。小人国里的小人是格列佛的 1/12；大人国的大人又是格列佛的 12 倍。格列佛的一块手帕，就可以给小人国的皇宫当地毯，而大人国农妇的手帕盖在格列佛身上，就变成一床被单了。与其说是"格列佛游记"倒不如说成是"我与格列佛的游记"呢，因为我在阅读这本书时几乎入迷了，好像就是我和他一起历险一样。但是我又从心里佩服他的机智勇敢，他总是给我一种"逆境丛生"的感觉，这点就是他历尽艰险后能够重新踏上自己的国土的主要原因，所以我一定要向他学习这种精神，否则的话，若我以后遇到这种事情的话说不定早已经一命呜呼了呢！

这本书实在是太好看了，使得我读了几遍了还是觉得没看够，它实在

太有趣了。作者斯威夫特写得太好了！（佚 名）

思 考

斯威夫特的讽刺艺术在《格列佛游记》一书中得到了充分的体现，他的讽刺手法是十分丰富的。阅读本书时，你对作者的这一写作手法有什么体会呢？

伊索寓言

据说，伊索出生在希腊，小时候不能说话，嘴里只能发出奇怪的声音，他用手势表达他的意思。他长得又矮又丑，邻居都认为他是个疯子。但是他的母亲非常爱他，时常讲故事给他听。他的舅舅恨这个又矮又丑的外甥给他丢脸，常常强迫他在田里做最艰苦的工作。母亲去世后，伊索跟着一个牧羊人离家到各地去漫游，听到了许多有关鸟类、昆虫和其他动物的故事，他默默地记在心里。后来，伊索被牧羊人卖了，从此以后伊索就变成雅德蒙家族的一个奴隶。有一天，伊索梦见了幸运之神向他微笑，并把自己的手指放进他的嘴里，放松他的舌头。醒来后，他意外地发现自己已经可以说话了。好像为了弥补以前不能表达的遗憾，伊索开始滔滔不绝地讲述他听到的各种故事。大家都喜欢伊索讲故事，也都敬佩他过人的记忆力和聪明才智。当主人家遇到难关时，伊索靠着机智救主人于危难中，避免了敌人的伤害。主人感谢他，让他成为一个自由人。后来伊索来到吕底亚，受到国王克洛索斯的赏识，在出使特耳菲时，不小心得罪了当地人而被杀害。

关于伊索的生平，现今只能根据不多的史料做一些推测。根据古希腊历史学家希罗多德的记述和一些其他作家提供的材料，伊索可能是公元前6世纪人，出生于小亚细亚的弗里基亚，原为奴隶，由于智慧聪颖而获得自由。此后他游历希腊各地，与人们做各种有趣的交谈，讲述各种寓言，其中有的有伤得尔福祭司的尊严，从而引起祭司的不满，最后中了祭司们的

一生必读的文学精品

圈套，遇害身亡。

美国诗人华伦说："世界是寓言，我们就是寓意。"如果你有兴趣去阅读世界上那些精美的寓言，确实可以找到许多生活主题的答案。世界上著名的寓言作家并不多，其中古希腊的伊索、法国的拉·封丹、俄国的克雷洛夫等，他们写的寓言在世界范围内都享有盛名，其中《伊索寓言》的创作年代最早，流传范围最广，是古希腊寓言中的一颗明珠。

《伊索寓言》是世界上最古老的寓言集，它篇幅短小，形式不拘，浅显的小故事中常常闪耀出智慧的光芒，爆发出机智的火花，蕴涵着深刻的寓意，也广泛地反映了公元前6世纪左右古希腊的社会生活和风俗习惯，被誉为西方寓言的始祖。它的出现，奠定了寓言作为一种文学体裁的基础。

《伊索寓言》不但受到读者的喜爱，在文学史上也具有重大影响。作家、诗人、哲学家、平常百姓都从中得到过启发和乐趣。许多故事真可以说是家喻户晓，如"龟兔赛跑"、"狼来了"、"狐狸和葡萄"等。在几千年后的今天，伊索寓言已成为西方寓言文学的范本，亦是世界上流传最广的经典作品之一。

阅读重点

作者借拟人化的动物形象地说出某种思想、道德意识或生活经验，使读者得到相应的教训。

本书文字简练，通过简短的小寓言故事来体现日常生活中那些不为人们察觉的真理。这些小故事各具魅力，言简意赅，平易近人。

书海导航

【写作背景】《伊索寓言》相传是古希腊寓言作家伊索（生活年代大约为公元前6世纪后半叶）所作，实际上它是古代希腊人在相当长的历史时期内的集体创作，是古代寓言的汇编，经后人整理并加入印度、阿拉伯及基督教故事而成，共350多篇。这部寓言集包括广泛的社会内容，大量作品是人们长期生活经验的总结。它反映了当时下层人民的生活和思想感情，反映了穷人和奴隶的处境，表现了当时的阶级对立，同时谴责了社会上人压迫人的不平等现象。

【内容精要】寓言是一种民间文学体裁，它用简短篇幅的故事寄寓道理、思想或经验，给人以教诲。《伊索寓言》是古希腊口头留传的民间文学，通俗易懂，文字精练，主题集中，容易记忆，它早已越出地区的界限而成为世界文学的瑰宝，并为世界各国人民所接受。比如在我国广为流传的"吃不着葡萄说葡萄酸"、"龟兔赛跑"、"农夫和蛇"等都是源于《伊索寓言》。

《伊索寓言》的内容非常丰富，寓言中的角色大多是拟人化的动物，它们的行为举止都是人的方式，作者借它们形象地说出某种思想、道德意识或生活经验，使读者领会其所总结的教训。有的用豺狼、狮子等比喻人间权贵，揭露其残暴、肆虐的一面；有的则总结人们的生活经验，教人处世原则。这种拟人化的手法不仅形象生动，而且可起到使故事紧凑的艺术效果，比如兔子跑得快，乌龟爬得慢，这些道理不用叙述说明，作者只要描述主要情节，寄寓于故事的深刻道理就和盘托出了。由于拟人化，一些动物在长期流传中形成了典型形象的特性，如狐狸的狡猾、狼的凶残、驴的愚蠢、兔子的胆怯等。这些特性被广泛用来讽喻人类的行为，达到了入木三分的艺术效果。

《伊索寓言》中的许多故事都是内容与艺术完美统一，它们至今还在文学艺术创作和人们生活中有着重要的影响。书中通过简短的小寓言故事来体现日常生活中那些不为我们察觉的真理，这些小故事各具魅力，言简意赅，平易近人。

结构紧凑，语言精练，形象生动是优秀寓言文本的主要艺术特征，这也是《伊索寓言》吸引人的特征。如《农夫和蛇》、《狼和小羊》等都是短短几百字，却构建了一则则结构紧凑的完整故事，而《狐狸和葡萄》只用了几十字就勾勒了一幅自我解嘲的画面。

《伊索寓言》在内容上绝大部分是关于做人的道德准则方面的，有许多篇章宣扬诚实友谊之可贵，像《野山羊和牧人》、《行人和熊》、《鹿和狮子》、《狮子和海豚》都是这方面的代表作。对于叛变者，寓言给予了严厉谴责，如《穴鸟和大鸦》、《捕鸟人和山鸡》就对出卖同胞、出卖祖国的行为做了辛辣的嘲讽。此外，寓言中对狐假虎威、狗仗人势者的丑态也有十分生动的描写："有个人把神像放在驴背上，赶着驴进城，路上遇见的人都对神像顶礼膜拜。驴以为大家是拜他，就高兴得欢呼起来，再也不肯继续前进。赶驴人明白了是怎么回事，就用棍子打它，骂道：'坏东西，人们拜倒在驴面前的时候还早着呢!'"还有一篇说驴披着狮子皮四处游逛,吓唬野兽。它看见狐狸,也想吓唬它。碰巧那只狐狸以前听见它叫,便对它说:"你要知道,假如没有听见过你叫,就是我也会怕你的。"我国成语"狐假虎威"是以狐狸为反面角色,而《伊索寓言》中狡猾的狐狸却被赋予揭穿"驴假狮威"的作用,读来另有一种韵味。

《伊索寓言》文字简练,常用最少的文字表现出十分深刻的含意。如《狮子和狐狸》篇写道:"狐狸讥笑母狮每胎只生一子。母狮回答说:'然而是狮子!'"寥寥20余字却把本质刻画得十分深透。这不禁令人想起列宁针对攻击德国女革命家罗莎·卢森堡的鼓噪而发表的著名评论:"卢森堡虽然犯了一些错误,但她不是一只鸡,始终是一只鹰。"不知列宁的比喻是不是从《伊索寓言》中得到的启发。

【地位影响】两千多年来,《伊索寓言》在欧洲文学发展史上产生过极其深远而广泛的影响,一再成为后世寓言创作的蓝本。如拉封丹的《龟兔赛跑》、克雷洛夫的《狐狸和葡萄》等都直接采用《伊索寓言》中的题材,经过艺术加工而成。在古希腊历史学家希罗多德、戏剧家阿里斯托芬、哲学家柏拉图和亚里士多德的作品中,都曾提到过伊索。阿里斯托芬的喜剧中甚至把"没有研究过伊索"当做是"无知和孤陋寡闻"。柏拉图还记述了苏格拉底在被宣判死刑后,在监牢里把《伊索寓言》改写成诗加以吟诵。《伊索寓言》中的许多名篇早已成为世界各国中小学校的教材,也是各国政治家、评论家和文学家加以引用的警世恒言。马克思、恩格斯、列宁的著作都引用过《伊索寓言》的语言;大文学家莎士比亚、拉封丹、克雷洛夫也引用过该书的情节。

华文精选

我们常常只顾着为影子争吵,却把实体失去了。(《驴子和他的影子》)

不诚实的人,即使做了诚实的事,也不会让人相信。(《狼、狐狸和猴子》)

天时和地利常常能使弱者胜过强者。(《小山羊和狼》)

世界上最古老的寓言集

在欧洲寓言发展史上，古希腊寓言占有重要的地位。它开创欧洲寓言发展的长河，并且影响到其后欧洲寓言发展的全过程，而希腊寓言的总汇即《伊索寓言》。

寓言本是一种民间口头创作，反映的主要是人们的生活智慧，包括社会活动、生产劳动和日常生活等方面。现今流传下来的《伊索寓言》根据各种传世抄本编辑而成，包括寓言300多则，其中有些寓言脍炙人口。

作为人们生活体会和经验的结晶，《伊索寓言》不仅含意深刻，而且艺术处理也很成功。《伊索寓言》的故事一般都比较短小，结构也比较简单，但形象鲜明、生动，寓意自然、深刻。《伊索寓言》中除少数寓言以人为主要角色外，绝大部分是动物寓言，通过把动物拟人化来表达作者的某种思想。这些动物故事无疑是虚构的，然而又很自然、逼真。需要指出的是，《伊索寓言》中的动物除了少数动物外，一般尚无固定的性格特征，例如狐狸、狼等，有时被赋予反面性格，有时则得到肯定。这与后代寓言形成的基本定型的性格特征是不一样的。

《伊索寓言》曾对其后的欧洲寓言发展产生重大影响。公元1世纪的古罗马寓言作家费德鲁斯直接继承了《伊索寓言》的传统，借用了《伊索寓言》中的许多故事，并称自己的寓言是"伊索式寓言"。公元2世纪的希腊寓言作家巴布里乌斯则更多地采用了《伊索寓言》的故事。这种传统为晚期古希腊罗马寓言创作所继承。文艺复兴以后，对《伊索寓言》抄稿的重新整理和出版极大地促进了欧洲寓言创作的发展，先后出现了不少出色的寓言作家，如法国的拉封丹、德国的莱辛、俄国的克雷洛夫等。

随着"西学东迁"，《伊索寓言》在明朝传入我国。第一个来我国的西方传教士利马窦在中国生活期间撰《畸人十篇》（1680年），其中便介绍过伊索，对《伊索寓言》做过说明。他之后的传教士庞迪我也在《七克》（1614年）中介绍、引用过《伊索寓言》。我国第一个《伊索寓言》译本是1625年西安刊印的《况义》。在清代之后，更出现了许多种《伊索寓言》译本。上述情况表明《伊索寓言》在我国流传之久，它至今仍令人喜闻乐见，爱不释手。（王焕生）

名家导读

读惯先秦寓言的中国人，初次读到《伊索寓言》是要惊讶的，因为那是两种截然不同的思维方式。先秦寓言冷峻而酷刻，《伊索寓言》热烈而宽厚；先秦寓言是老于世故的，《伊索寓言》是极富童趣的。《伊索寓言》全面而深刻地影响了后世欧洲童话及其表现形式，而先秦寓言却没有催生反而抑制了中国童话的萌芽——中国没有童话。

——著名作家　张远山

《伊索寓言》大可看得。它至少给予我们三种安慰。第一，这是一本古代的书，读了可以增进我们对于现代文明的骄傲。第二，它是一本小孩子的读物，看了愈觉得我们是成人了，已超出那些幼稚的见解。第三呢，这部书差不多都是讲禽兽的，从禽兽变到人，你看这中间需要多少进化历程！

——著名学者　钱锺书

青春感悟

居安思危

读寓言不仅仅是为了知道寓言中的故事，更不是为了应付考试和写读后感，而是为了从中悟出一种哲理，反躬自省。因为在寓言美丽的外表下，总藏着一个深刻的哲理和教训，不仅让人拍案叫绝，更让人沉思。

记得《伊索寓言》中有这样一个故事：早春三月，燕妈妈带着几只小燕子从南方飞过来，它们来到一个法院的庭院，在那儿安了家。燕妈妈非常疼爱自己的孩子，每天不辞辛苦，东奔西走地为燕宝宝找虫子吃。一天，燕妈妈说："你们已经长大了，应该学会独立生活了，从明天起，我开始教你们……"燕妈妈还未说完，小燕子们就嚷着不肯学，燕妈妈终因过于溺爱小燕子，也就算了。有一天，在暴风雨来临之前，燕妈妈和往常一样去为小燕子们找吃的，而此时有一条蟒蛇却悄悄地爬上了树，小燕子们唧唧喳喳地叫着妈妈，可是妈妈早已飞远了。它们又对蟒蛇说："这里是法院，你不能放肆！"可蟒蛇才不管呢，照样吃了它们。燕妈妈回家后看见斑斑血迹和凌乱的羽毛，悲痛欲绝。

这是一个关于居安忘危的典型寓言，带给我们的启发甚多，那么什么是居安忘危，怎样才能避免居安忘危呢？

居安忘危，顾名思义就是处在安全的环境下，忘记即将面临的危险。要避免居安忘危，就应该居安思危。通常在下象棋时，要步步为营，考虑周密；不能只顾吃对方的棋子，要考虑怎么吃，为什么吃，吃后会怎么样，再怎么走；当处于优势时，不能只顾穷追猛打，在进攻的同时不要忘了稳固自己的后防，这就是居安思危。

再比如，今天作业少，明天作业少，这几天作业都少；这时就应该考虑一下，为什么作业少？是不是要考试了？如果要考试该怎么复习，有哪些不懂的地方？这也可以算是在学习上的"居安思危"。

如此看来，居安思危似乎很难。的确，这是不容易，起码要比居安忘危要难得多。难了，说明更要做啊！想一想，做完一件事后，情况会变成什么样或者会有另外哪些事发生，这简单吗？但它偏偏就是"居安思危"的一种具体表现。养成这样的习惯后，对做什么事都会有帮助的。

从一篇寓言中竟会产生那么多的联想，这就是寓言的"魔力"，也是我从"居安忘危"中悟出的道理——要居安思危，要卧薪尝胆。读了《伊索寓言》真的让我获益匪浅。(唐 华)

思 考

《伊索寓言》的思想性很强，包含着深刻的智慧和意味深长的哲理，有一些故事就像一面多棱镜，从不同的侧面可以看到不同的光辉，因此可以超越时代，对各个时代的人们都有所教益和启示。读完本书，你对其中的哪一个寓言故事印象最深？有什么体会和感想？

一千零一夜

自古以来人人爱听故事，因为故事中蕴涵了人生经验，也传达了人生智能，而《一千零一夜》包含了波斯、印度、希腊、罗马、犹太、中国等地的口传故事。它如同世界文学中的瑰宝，以曲折离奇的故事、绚丽多彩的幻想、流畅生动的语言，任意驰骋的想象和对人类美好理想的执著追求，吸引着一代又一代的读者，影响了世界的文化。

《一千零一夜》是一部阿拉伯民间故事总集，在西方被称为《阿拉伯之夜》，它是世界上最具生命力、最负盛名，拥有最多读者和影响最大的作品之一，就其广博的内容堪称古代阿拉伯社会生活的百科全书。同时它以民间文学的素朴身份却能跻身于世界古典名著之列，也堪称是世界文学史上的一大奇迹。

《一千零一夜》是古代阿拉伯的一部文学名著，它汇集了古代近东、中亚和其他地区诸民族的神话传说、寓言故事，诡谲怪异，变幻莫测，优美动人，扣动着世界各国读者的心，焕发出经久不衰的魅力。此外，《一千零一夜》对世界文学产生过重大影响。薄伽丘、莎士比亚、歌德、托尔斯泰……都受到过它的启示。在歌舞、戏剧、音乐、绘画、影视等艺术领域，其影响同样广泛而深远。

阅读重点

本书以离奇多变的题材、洒脱的艺术手法和变幻莫测的东方色彩，生动地描绘了一幅中世纪阿拉伯帝国社会生活的复杂画面。

以"夜"为单位的故事叙述艺术，是阿拉伯说书人的独创，在世界文苑中堪称一绝。

书海导航

【写作背景】《一千零一夜》是在民间故事的基础上，经过许多代人的辑录整理、加工提炼而逐渐形成的。它最早在阿拉伯流传，大约在公元8世纪末就出现了手抄本，定型成书则在公元16世纪。公元8、9世纪之交，一部名叫《一千个故事》的波斯故事集被译成阿拉伯文，这就是《一千零一夜》的最早来源。除《一千个故事》外，《一千零一夜》中的许多重要故事产生于阿拉伯阿巴斯王朝的繁荣时期，以及后来的埃及时期。《一千个故事》中的故事大都短小、质朴。说书人以其为蓝本，对故事不断进行增删、加工、润饰，同时吸收和创作新的传说和故事。10世纪，伊拉克人哲赫舍雅里收集了一个个阿拉伯、波斯、印度、罗马等民族的大小故事，以夜为单位，打算编纂一部故事集，但他只编写到第四百八十夜便去世了。一般认为，这便是《一千零一夜》的雏形。

【内容精要】《一千零一夜》又译作《天方夜谭》，是中古时期一部优秀的阿拉伯民间故事集，不仅在阿拉伯文学史上占有重要地位，而且在世界文学史上也是具有重大影响的杰作。《一千零一夜》名称的起源在故事集的开头做了交代：相传在古代印度和中国的海岛中，有一个萨桑国，国王山鲁亚尔生性残暴嫉妒，由于王后行为不端，国王把她杀了。此后他每天娶一个少女做王后，翌日清晨即将她杀掉，以示报复。宰相的女儿山鲁佐德，为拯救无辜的同胞，自愿嫁给国王。她用讲故事的方法吸引国王，每次讲到最动人的地方，天刚好亮了。这样一直拖了一千零一夜，国王终于被感化，与其白首偕老。显然书中这种处理方式主要出于艺术的虚构，以此作为串联几百个互不关联的故事的线索和手段。

《一千零一夜》这部民间故事集，以它离奇多变的题材、洒脱的艺术手法和变幻莫测的东方色彩，生动地描绘了一幅中世纪阿拉伯帝国社会生活的复杂画面。它从各个不同时期、不同角度反映了人民的思想感情、生活方式、风土人情和社会制度。按其形态可分为三类：冒险故事、爱情故事和寓言。作者所描写的人物纷繁复杂，语言具有通俗化、口语化、民族化的特点。

浪漫主义的表现方法、丰富的想象力和近乎荒诞的夸张描写是《一千零一夜》最明显的艺术特色。全书具有高度的浪漫主义色彩，这既表现在它的神话色彩方面，也表现在想象和幻想的自由驰骋。丰富的想象和大胆的幻想，使艺术虚构发挥了最大限度的作用。故事套故事的结构方式，是《一千零一夜》另一艺术特色。这种结构方式，可以把许多民间故事组织在一起，成为一个庞大的故事系统，这种结构故事的方式便于讲故事的人和听讲者记忆。

以"夜"为单位的故事叙述艺术，是阿拉伯说书人的独创，在世界文苑中堪称一绝，不分夜就不能忠实地传达阿拉伯说书人的"独创"。此外，原文中共有诗歌一千余首，译诗一万多行，诗文并茂是原作的艺术特色，没有诗的《一千零一夜》，就等于没有太阳的白天！

《一千零一夜》在历史上屡次遭禁，曾被埃及道德法庭宣布为淫书，勒令对其禁售、查收、销毁，由此引发了一场宗教文化界的大论战。最后在广大知识界人士的谴责声中，在社会舆论的压力下，法庭才宣布对《一千零一夜》予以解禁。

【地位影响】《一千零一夜》这部作品的主要成就在于它以朴素的现实描绘和浪漫的幻想互相交织的表现手法，生动地反映了广大人民群众对于美好生活的憧憬、他们的爱憎感情和淳朴善良的品质。这也是作品具有人民性的重要标志。《一千零一夜》中的许多故事，都具有相似的思想内容。它们的主人公都是一些社会地位十分低下，受人欺侮、凌辱的劳苦大众，但是他们个个淳朴善良、刚毅正直。这些高尚的品质、朴素的愿望和通情达理的是非标准，正是各个不同时代和不同地区的人民群众彼此都能相通的东西，因此它才能引起人们思想感情极大的共鸣。

《一千零一夜》给后来的神话、童话创作者以无穷无尽的养分，是世界文化宝库中最为脍炙人口，影响最深远的神话故事集之一。在它出版至今的二百多年中，几乎传遍了全世界。它的许多故事，即使在今天看来也还是非常成功的杰作。它具有强烈的艺术魅力，始终为各国人民所喜爱，不愧是世界文学宝库中一颗璀璨的明珠。

华文精选

对于处世接物，凡能忍辱负重、审慎考虑的人，往往易于达到目的，操最后的胜算。反之，急躁冒进、急于求成的人，没有不失败后悔的。

不考虑事情后果者，必为时代所遗弃。

世间的一切虚伪，正像过眼云烟，只有真理才是处世接物的根据。虚伪的黑暗，必为真理的光辉所消灭。

严守秘密是一个人的美德，同时也是保护自身的法宝。勤劳刻苦的人富有，懒惰迟钝的人贫穷。

阅读指导

一部超越文化、跨越年龄的不朽传世经典

20世纪80年代时，联合国教科文组织曾对世界55个国家、地区和语种进行调查，《一千零一夜》与托尔斯泰、马克·吐温的作品及《鲁滨孙漂流记》等被共列为"世界上最受读者欢迎的文学书籍"。探究个中的原因，

就是因为它是全人类共同用童年记忆所酿成的蜜汁。在我们小的时候，膝上总摊开着一本《一千零一夜》故事书，那些五彩斑斓、动人心魄的故事，充满着催人进取、抨击恶丑的向上精神，让我们的想象力有如云絮一般，可以尽情地遨游行走。

您知道吗？《一千零一夜》在世界上的翻译及发行量之多堪称奇迹。您是否有过这种经验，当您在阅读《航海家辛巴达的故事》、《阿拉丁与神灯》、《阿里巴巴与四十大盗》等故事时，仿佛整个世界都隐退了，而这份迷人的风采让您一辈子难以忘怀？是的，《一千零一夜》在历经了七八个世纪的传承以后，至今依然深深地扣动着全世界读者的心弦，它无须依赖新潮前卫的词汇，依旧开阔、精致、通透而优美。在《情侣树的故事》中有着青年男女之间美丽动人的纯真爱情；《孔雀与野鸭的故事》通过鸟兽之口讲出人间经验教训的讽喻哲理；《乌木马的故事》象征了人类想象力的无穷；《商人与魔鬼的故事》表达了惩恶扬善的教化意义；《铜瓶与铜城的故事》描写了最精彩的传奇冒险……

《一千零一夜》为我们拂去时间的风沙，却留下了文学的晶莹，因此它不仅是阿拉伯文学中最为人所熟知的经典作品，更是世界文坛里最璀璨的一颗明珠。

没有诗的《一千零一夜》，就像是没有太阳的白天。诗文并茂是《一千零一夜》的一大艺术特色，并造就它的独特魅力。阿拉伯民族是一个以诗歌见长的民族。以诗抒情，以诗言志，以诗写景状物，本是阿拉伯民族的传统。早期阿拉伯人留下了大量描写部落生活、战争、爱情的诗歌，而在《一千零一夜》里的诗歌总计1380首，共一万多行，充分地展现了"阿拉伯人以诗歌来表达内心情感的传统风俗"。诗歌是人们进入《一千零一夜》的一种快捷方式，同时借由诗歌的韵脚，我们得以一步步地踏旅在芝麻开门与神灯的故乡。

《一千零一夜》有如一颗被包围在贝壳中的珍珠，长久以来我们只看到属于童幻部分的趣味，却很少体验出它其实蕴涵了隽永不朽的深层意义。在过去我们印象中的《一千零一夜》，好像只属于儿童和青少年的读物，但其实《一千零一夜》语言朴实大众化，故事内容趣味盎然、布局神幻，读起来颇有璞玉藏金之感，对于唤起人们愉悦的精神层面有积极的意义，因此早已被全世界的专家学者们公认为世界文学经典名著。此外，《一千零一夜》对于其他各种艺术领域的创作影响尤其重要，《月宫宝盒》、《巴格达窃贼》、《阿里巴巴》、《美女神灯》等多部欧美电影均为大众所熟悉，近年来更有迪斯尼卡通片《阿拉丁》，其他像是舞台剧、芭蕾舞以及交响曲也相继辈出，足见《一千零一夜》对人类、对世界的影响是多么的深远。（佚　名）

一书成名天下知

《一千零一夜》的故事，很早就在阿拉伯地区的民间口头流传，约在公元8、9世纪之交出现了早期的手抄本，到12世纪，埃及人首先使用了《一千零一夜》的书名，但直到15世纪末16世纪初才基本定型。《一千零一夜》的故事一经产生，便广为流传。在十字军东征时期就传到了欧洲。《一千零一夜》对后世文学也产生了深远的影响。18世纪初，法国人加朗第一次把它译成法文出版，以后在欧洲出现了各种文字的转译本和新译本，一时掀起了"东方热"。法国著名启蒙学者伏尔泰说："我读了《一千零一夜》四遍之后，算是尝到故事体文艺的滋味了。"著名作家司汤达希望上帝使他忘记《一千零一夜》的故事情节，以便再读一遍，重温书中乐趣。

《一千零一夜》的结构令人叫绝，这是一种将散珠用红线串起来的巧妙艺术构思：以山鲁佐德和山鲁亚尔的故事构成总体框架，然后用大故事套小故事的办法将两三百个故事嵌入。文艺复兴时期意大利作家薄迦丘，英国作家乔叟和西班牙作家塞万提斯都从这种结构中得到启发。薄迦丘的《十日谈》用佛罗伦萨10个躲避瘟疫的青年男女每人每天讲一个故事，作为全书100个故事的楔子，这种巧妙的结构很明显地借鉴于《一千零一夜》。

《一千零一夜》描绘了中古时期阿拉伯地区广阔丰富的生活画面，为后世作家的创作提供了充分养料，戏剧大师莎士比亚的喜剧《终成眷属》中的"戒指认亲"、"进宫治病"的故事显然来源于《一千零一夜》中的《夏梅禄太子和白都伦公主的故事》。他的另一著名喜剧《威尼斯商人》同样采用了"戒指认亲"的构思。而当代埃及戏剧家陶菲格·哈基姆的剧本《阿里巴巴》、《山鲁佐德》更是直接取材于《一千零一夜》。《一千零一夜》中浓郁的浪漫主义色彩，丰富的想象，大胆的夸张，构成了扑朔迷离的艺术境界。但丁《神曲》中的形形色色的精灵，我们可以在《一千零一夜》中找到影子；看了普希金的童话诗《渔夫和金鱼的故事》，我们立即会联想到《渔翁的故事》；1982年诺贝尔文学奖得主、哥伦比亚作家马尔克斯的魔幻现实主义代表作《百年孤独》中出现的"飞毯"、"会飞的床单"、"神灯"等都明显来自于《一千零一夜》。

《一千零一夜》的故事情节离奇而曲折，人物形象而生动，并运用对立与对比手法，突出人物特征，山鲁佐德、辛伯达、白侯图、阿里巴巴已成为世界文学画廊中人人喜爱的形象。总之，《一千零一夜》以其博大的内涵、高超的艺术，哺育了一代代文学家们，创造出了一部部优秀的文学名著，高尔基把它誉为民间口头创作中"最壮丽的一座纪念碑"，这样的评价是不过分的。它将永远受到世界人民的喜爱。（文周书）

名家导读

在阿拉伯文学中出现了连篇故事和爱情故事，其中，有一部题为《天方夜谭》的故事集，在世界文学中获得了永恒的声誉。

——英国学者　基　布

在民间文学的宏伟巨著中，《一千零一夜》是最壮丽的一座纪念碑。这些故事极其完美地表现了劳动人民的意愿，使人陶醉于美妙诱人的虚构，流畅自如的语句，表现了东方各民族——阿拉伯人、波斯人、印度人——美丽的幻想所具有的豪放的力量。

——前苏联作家　高尔基

《一千零一夜》数世纪以来，扣动着东方和西方一代又一代人的心弦。

——埃及著名学者　塔哈·侯赛因

有许多的人，不晓得一点阿拉伯的别的东西的，却都知道《天方夜谭》（《一千零一夜》之别名），全世界的小孩子，凡是有读故事及童话的幸福的，无不知《一千零一夜》中许多有趣的故事；这部书已成为世界文化的一部分，而非阿拉伯之所独有的了。

——著名作家　郑振铎

《一千零一夜》仿佛是一个宝山，你走了进去，总会发现你所喜欢的宝贝。虽然全集是一个长故事，但是我们若截头去尾，单单取中间包蕴着最小的一个故事来看，也觉得完整美妙，足以满意；这譬如一池澄净的水，酌取一勺，一样会尝到甘美的清味。

——著名作家　叶圣陶

一生必读的文学精品

古代阿拉伯社会的百科全书

《一千零一夜》是我最喜欢看的书之一。它跟其他的故事书一样生动、有趣，让人爱不释手，它的内容情节总是出乎我的意料，使我很有兴趣地读下去，常常一看便是大半天，忘记吃饭和出去玩。但这本书里告诉我们的道理常常是其他故事书不能做到的。

故事跟童话一样，它们最大的特点是"虚幻"。有些人觉得不好，他们觉得这不真实。可我却不那么认为，人有些时候也需要一点"幻想"，在不真实的环境里发挥一下我们的想象力也是很有必要的。

这些故事是用科幻的形式来告诉我们的，这在主要内容不变的情况下，为了让我们这些"顾客""吃"得更香一点，"厨师"在里面加了许多"作料"，为的是让这里面多一些通俗，多一些具体，多一些感人。如果"厨师"看到小作者先慢慢"品尝"一点食物，然后狼吞虎咽地"大嚼"起来，这也许就是"厨师"最快乐的时候。

《一千零一夜》具有教育性。在你被它的精彩内容所深深吸引的时候，不知不觉中，它似乎还默默地在向你讲述着悲哀、欢乐，甚至似乎还在向你讲述着人生的许多哲理，使你被主人公的事迹所吸引所感化。

这本《一千零一夜》汇聚了千百人的智慧，曾经熏陶唤醒了几代读者，是一部最脍炙人口的书。（佚　名）

世界文学中的瑰宝

《一千零一夜》是一部著名的阿拉伯民间故事集。成书之前，它即以口头讲述和说唱形式在阿拉伯广为流传；成书以后，从18世纪开始，即被译成多种文字，赢得了广大读者的喜爱，对世界文学艺术产生了深远的影响，被公认为民间文学的优秀遗产。我有幸阅读了这部伟大的巨著。

《一千零一夜》内容丰富，包罗万象，描述了中世纪阿拉伯丰富多彩的风土人情和社会生活，蕴藏着深厚的阿拉伯文化内涵，显示了阿拉伯人民非凡的智慧和想象能力，具有浓郁的民族特色。

随着时间的推移和介绍方式的增多，《一千零一夜》中脍炙人口的许多故事，有的被搬上银幕，有的被选为学生生活的各方面教育的教材，逐渐被更多的人所了解。在这里，我就不一一举例了，因为《一千零一夜》的故事不是三言两语能说得尽的。

　　总的来说，《一千零一夜》的故事美妙，又能给予我乐趣。它爱憎分明，充满哲理，许多故事自始至终都贯穿着光明和正义最终将战胜和黑暗邪念的主题。另外，它让人们对生活充满热情和希望。它的情节曲折离奇，叙述语言诙谐幽默，采用的是东方文学中常见的大故事套小故事的方法，比如在《商人和魔鬼的故事》中，就套有《第一个老人和羚羊的故事》、《第二个老人和猎犬的故事》、《第三个老人和骡子的故事》，在第一篇《国王山鲁亚尔及其兄弟》的故事中，尽管题目短小，但包括的好像有两个故事，又好像是四十个故事都是围绕着它写的似的，读起来一波三折，回味无穷，令人爱不释手，沉醉入迷。我想人们之所以会喜欢《一千零一夜》，大概是因为这本书具有一种神奇的力量吧！

　　如果你对神话故事有所喜爱，又没有欣赏过这本《一千零一夜》，不妨去领略一下它的神奇魅力吧！（许　佳）

思　考

　　《一千零一夜》中有很多故事描写了人类的智慧，主要是写人与魔之间的斗争。例如《渔翁的故事》中的渔翁制服无恶不作的魔鬼，《阿拉丁和神灯的故事》中的阿拉丁战胜诡计多端的非洲魔法师，其中渔翁和阿拉丁都是人的智慧和力量的代表。读完本书后，你从中获得了哪些启示呢？

热爱生命

　　杰克·伦敦（1876～1916），美国20世纪初进步小说家，生于破产农民家庭，从小当童工，没受过多少正规教育。青年时代卖过报，当过水手，去阿拉斯加淘过金，还因"无业游民"罪被捕入狱，罚做苦工。通过勤学苦练，杰克·伦敦1900年起发表作品。后来加入社会党，积极参加工人运动，写了他最重要的两部长篇小说《铁蹄》和《马丁·伊登》。1910年以后，继续发表优秀的短篇小说，揭露和批判资产阶级社会，但也出现了不健康的思想倾向。晚年脱离社会斗争，1916年退出社会党，同年11月自杀。杰克·伦敦24岁开始写作，逝世时年仅40岁，16年中他共写成长篇小说19部，短篇小说150多篇，还写了3个剧本以及相当多的随笔和论文。这些作品在美国以及世界其他国家都产生了深刻的影响。杰克·伦敦的创作生涯是短暂的，但他靠顽强学习，刻苦写作，赢得了时间和生命。他以杰出的作品馈赠给读者，他一生的贡献是难以用作品的数量来估量的。

1921年1月，列宁身患重病，生命垂危，床边的桌子上还放着他准备读的《热爱生命》。《热爱生命》的作者杰克·伦敦是19世纪末20世纪初美国优秀的现实主义作家，这位多产的作家，在他短暂的一生中，创作的作品共达49卷。仅在短篇小说方面，他就写了150多篇。这些短篇小说和他的其他作品一样，也是瑕瑜互见，但是其中最优秀的作品都洋溢着美国短篇小说中前所未有的清新气息。

这本《热爱生命》是杰克·伦敦的短篇小说的精选集。杰克·伦敦的小说就选材来说一般可分为两类：一类称为"北方故事"，主要描述到美国北方淘金者的生活经历及冒险故事；另一类是"海洋小说"，主要写主人公在海上为生存而进行的顽强抗争。杰克·伦敦在作品中塑造的多是身处逆境但最后都以胜利者的姿态出现的超人形象，他们在极端条件下向环境或个人极限挑战时，身上常激发出一种要破坏一切、捣碎一切的粗野蛮横的兽性意识。不论在美国国内还是国外，他的读者是最多的。特别是青年读者，他们很看重他作品中的主人公对生命的热爱，对生存的渴望。因为在他的小说中，主人公身上总能迸发出一种令人敬畏的强烈的生存意识。

阅读重点

精心设置某种特异环境，着力激发人物潜在的意志和力量，是杰克·伦敦善于刻画毅力坚强的人们的一个鲜明特点。

杰克·伦敦的北方小说几乎都充满着北极地带严寒大自然的浪漫色彩，突出表现了人的意志、力量和美德，故事中的主人公以非凡的毅力为生存而斗争，善于克服障碍，努力达到既定目标。

【写作背景】1898 年杰克·伦敦从阿拉斯加淘金回来后，发表了一系列以"淘金"为题材的短篇小说，这些作品使他一举成名。在这些优秀作品中表现出的强烈的大自然气息，勇敢和冒险的浪漫精神，人"要活下去"的坚强意志则深深地吸引着读者，使人读起来激动不已。

【内容精要】杰克·伦敦是一个自幼当童工，漂泊在海上，跋涉在雪原，而后半工半读才取得成就的作家。他那苦难的生平和坎坷的经历为他后来从事文学创作积累了丰富多彩的素材。他那带有传奇浪漫色彩的短篇小说，往往描写太平洋岛屿和阿拉斯加冰天雪地的土著人和白人生活，大部分都可说是他短暂一生的历险记。《热爱生命》是杰克·伦敦短篇代表作的精选，其中《旷野的呼唤》、《雪狼》是杰克·伦敦两部以具有狼的特征的狗为主人公的长篇小说。其中对寒冷、严酷、寂静、荒凉的北极世界的描写不仅引人入胜，而且动物世界中弱肉强食、适者生存关系的细腻刻画更是惊心动魄。这两部描写动物的小说或许是杰克·伦敦最有才气也是最有代表性的作品，他非常令人信服地展示了动物的心理，仿佛是用狼狗的眼睛观察周围世界，读来使人叹为观止，而且感慨良多。

在另一部长篇小说《毒日头》中，则充满了对严峻的大自然搏斗的英雄行为的激动人心的刻画，这个主题大量反映在他的短篇小说中。这些小说大约可分为两组，一组写的是美国北部淘金者的生活和冒险故事，里面的人物大都天真、粗犷，而且勇敢、不屈不挠；另一组是所谓的海洋小说，在这些小说里，对大自然的斗争从北部的丛林和冰天雪地的荒原搬到了辽阔而残酷的海洋上。

在《热爱生命》这篇小说中，杰克·伦敦以巨大的艺术力量表现了对生命的酷爱如何帮助一个人战胜了死亡，尽管病饿交加，筋疲力尽，他仍然在徒手搏斗中把紧跟在后面的一只饿狼制服了，并且走过冰天雪地的荒野挣扎着来到海边，终于被一艘捕鲸船救起。

杰克·伦敦的这些作品表现了强烈的个人风格，在人与自然的残酷斗争中，赞美了勇敢、内心的力量、坚毅和爱这些人类高贵的品质，而不是一味地提示"物竞天择、弱肉强食、适者生存"的自然法则，着重指出人类爱的重要与神圣。

一生必读的文学精品

【地位影响】 杰克·伦敦作品中的现实主义风格和多样化的题材，以及显示出来的作家的独特个性，多少年来一直深深吸引着不同时代、不同经历的读者。他用自己独特的艺术魅力，生动地展示了人性的伟大和坚强以及人性深处的某些闪光的东西，逼真地描写出了生命的坚韧与顽强，奏响了一曲曲生命的赞歌，有着撼人心魄的力量！

华文精选

他闭上眼睛，极其小心地让自己镇静下去。疲倦像涨潮一样，从他身体的各处涌上来，但是他刚强地打起精神，绝不让这种令人窒息的疲倦把他淹没。这种要命的疲倦，很像一片大海，一涨再涨，一点一点地淹没他的意识。有时候，他几乎完全给淹没了，他只能用无力的双手划着，漂游过那黑茫茫的一片；可是，有时候，他又会凭着一种奇怪的心灵作用，另外找到一丝毅力，更坚强地划着。

阅读指导

双重撞击中展现人物性格

高尔基曾称赞杰克·伦敦"善于刻画毅力坚强的人们"。就其短篇小说创作而言，精心设置某种特异环境，着力激发人物潜在的意志和力量，则是杰克·伦敦善于刻画毅力坚强的人们的一个鲜明特点。在他的小说中，人物常处于一种危机、灾难之中，他就是用这种反复出现的危机来考验人物的机智、勇气和品性，表现人的意志和创造力的。他的一组以阿拉斯加北方生活为题材的短篇小说，都显示出这样的特色，其中受到列宁赞赏的《热爱生命》是最具光彩的一篇。

这个短篇一开始，就把读者置身于特异的规定情境中：一个饿得快要死的掘金者在人类足迹尚未到过的荒原峡谷里艰难地行进着。当他刚涉过一条冰冷刺骨的河时，脚腕子不意扭伤了，另一个叫"比尔"的同伙却在这节骨眼上扔下他，"头也不回"地跨过一个山头径直走了，他慢慢环视了一下比尔走后只剩下自己的一片死气沉沉的世界，不禁恐惧起来，但又不得不鼓起勇气，一颠一跛地向前走去。有时候，他一天只前进了几米，求生的意志推动他匍匐着、爬行着、滚动着。这时候，一只差不多同他一样又病又饿的瘦狼盯上了他。于是，在那荒无人烟的雪原里，两个生物——一个病人与一只瘦狼，为争生存展开了激烈的搏斗。病人多次想把瘦狼搏死在地，饱餐一顿，正如瘦狼无时无刻都想把他吞噬一样，但他们谁也没有在对方肌体上撕开一条血口的力量，于是便一前一后地周旋着，彼此耐心地等待着最佳战机。虽说此刻"他"已是一天只能爬行短短的几步了，然而，这个无比刚毅者凭着求生的本能，还在向死神挑战！最后，他终于战胜了狼，胜利地到达了目的地。

这篇小说几乎让读者在不寒而栗中读完。作者将人物性格及其同恐惧、饥饿和死亡威胁的格斗，一步步一层层地推向高峰，从而唱出了一支人对大自然的胜利之歌。杰克·伦敦善于让人物处于艰难的逆境，让环境折磨、考验人物，从而凸现人物在斗争中的人格的伟大和刚强。《热爱生命》的成功，与其说在于作品塑造人物的鲜明，毋宁说是作家设置环境的匠心。正由于杰克·伦敦把人物置于极地、荒原，使他不得不与恐惧、饥饿、野兽作斗争，所以人物才能够显示出如此铁打的身板，钢样坚硬的意志，顽强的吃苦耐劳的本性，以及经久不衰的元气和精力。

杰克·伦敦的北方小说几乎都充满着北极地带严寒大自然的浪漫色彩，也都很好地表现了人的意志、力量和美德。这些作品中的主人公都是坚毅、刚强和勇敢的人们，他们接连不断地遭受困苦、灾难打击，但又自始至终地不向环境和命运屈服。他们以非凡的毅力为生存而斗争，善于克服障碍，努力达到既定的目标。即使死去，也是自豪地死去，始终保持人的尊严。《白茫茫的雪原》中的猎人麦佐，在距离目的地还有两百英里的没有开辟的道路上，不幸被一株老松树轧得不成样子，他要同伙和妻子继续往前走，毅然命令同伙用枪把自己打死在"悬空的坟墓中"。《巴素克》中的巴素克是个印第安女人，她为了丈夫能通过七百英里的雪原，去海茵斯公馆报告人们的困境，即使在路上遇到已经饿得发昏的哥哥，也没有给他一点吃的，仍让他饿着肚子走去。日复一日，她只吃了与丈夫平分的食物的一半，而另一半又为丈夫收藏在一个小口袋里……生活在白色无声世界的人们就是这样的无私、刚强、忠诚、近乎自我牺牲。在严酷的大自然面前，人的灵魂中的高尚的东西都展现出来了。因此，读杰克·伦敦的北方小说，不仅不会使读者在大自然面前感到渺小无力的无可奈何，产生一种屈服于自然、放弃人类战胜自然之主动性的沮丧意识，反而更使人们增强同自然作斗争的勇气和力量。如果说，在杰克·伦敦的北方小说中，特异环境主要指北极地带的严寒自然环境，它侧重的是写人与自然的关系的话，那么，在他晚些时候创作的社会题材小说中，特异环境则主要表现为人物生活历程中的某个特定瞬间，即由某些生活变故而呈现的特定生活情境。这特定的瞬间，通常是人物命运、思想、生活的关键性时刻，或者是人物一生其他具有重大意义的时刻，因而对人物性格有一种神奇的显相作用。名篇《一块牛排》与《墨西哥人》的创作都是如此。

《一块牛排》以一个在"二流俱乐部的斗拳老年人"汤姆·金为主人公，集中地描写了他最末的一场拳击比赛及其失败的经过，这种艺术构思具有高度的概括性。一个早已过了体育青春期的老年人，只好在二流俱乐部里混口饭吃，这就点出了人物与特定环境的关系；写他最近的一次，也许是最后的一次拳击比赛，是把镜头集中在他拳击生涯中富有戏剧性的时刻，即生活的特定瞬间。随着镜头的移动，读者目睹了汤姆·金与青年拳击手辛德尔的精彩比赛场面。汤姆·金虽然老了，这次比赛又没有充分的准备，吃得不足，还是步行两英里来到比赛场的，但他却运用自己熟悉的一切有利方法，一而再、再而三地用手、脚和身体的佯攻来诱惑对方反击，以巧计和智能弥补了自己精力和体力的不足。然而，汤姆·金毕竟老了，他终于因体力不支而败下阵来。因此，当他"流着泪"走回家的时候，我们既同情他的悲剧命运，也赞叹他在比赛场中所显示出来的"战斗意志"和毅力。《墨西哥人》截取的也是主人公李维拉同对手进行拳击比赛的特定瞬间——矛盾冲突最为集中的时刻。当然，与汤姆·金为挣得30镑钱的因由不同，李维拉参加拳击是为祖国的革命运动而谋取资金。他知道革命急需要钱，所以才为赚钱去打拳。而跟前这场比赛又是直接关系到革命能否继续进行下去的关键性一战，他"不能有别的结局啊"！所以，面对美国第一流的拳击家、拳王华尔德，他沉着应战，以坚强的毅力和非凡的本领，赢得了胜利。小说把镜头集中在他与华尔德拳击比赛的特定瞬间，正是抓住了社会矛盾的焦点所在，使人物坚毅的革命意志得到了闪光的显现。

作家的才华不仅在于塑造人物，而且在于设置环境，在于找到那对于人物来说一触即发的敏感点。杰克·伦敦把人物置于特异环境中，正是抓住对人物来说是一触即发的敏感点。我们所说的杰克·伦敦善于刻画毅力坚强的人们，其实就是指杰克·伦敦既善于设置特异环境，让人物与环境发生碰撞，又能够使人物在这种特异环境中发生性格的自我撞击，最终爆发出耀眼的火花。（杜　进）

杰克·伦敦的《热爱生命》给了我们深刻的启示：为了达到一个人生的目标，就要同人生道路上的一切艰难险阻做殊死的搏斗，并且敢于胜利。面对生活、工作遇到困难甚至生命受到威胁的时候，我们不能坐以待毙；只有奋起抗争，因为除了胜利，我们别无选择！这篇小说中的主人公在重重艰难险阻面前，想要放弃生命，选择死亡是再容易不过的事情，但他却没有甘心就死，他选择了抗争。因此，人生要有所追求，要活的轰轰烈烈，成就一番事业，就要在生活中学会坚强、学会抗争，只有这样，我们才能不辜负生命的重托，才能对得起生命本身。

——青年作家　徐　飞

杰克·伦敦是一位有世界影响的著名作家，在美国作家里，要论作品在国外被翻译的数量和读者的数量，几乎无人可以和他相比。

——青年学者　胡春兰

青春感悟

生命如歌

初读杰克·伦敦的《热爱生命》是在中学，那是个彷徨间寻找生命意义的年代。如今，手捧着新买的《热爱生命》却也被其独具特色的封面所吸引。四个大字"热爱生命"，是用生命的本原色——鲜红色写成的，显得很醒目。

主人公独行于茫茫旷野上，他的同伴离他远去了，他陷入了困顿中。他该何去何从？那时，他拥有的东西不多。一个疲惫不堪的身躯，不知道还能撑多久；一个沉重的包袱，那似乎是他身上最贵重的东西——黄金，此时于他无益，甚至是足以致命的东西，这是个太大的累赘；一支猎枪，这是他防身的武器，却找不出一根子弹；他唯一可以感受到的实在的依靠是那67根柴，它曾温暖那颗失落无助的心，并给他以前行的些许勇气，所以他如数家珍般小心包裹。

那时，威胁他生命的因素很多。首先是孤独，孤独意味着无助。无助地行走在危机四伏的旷野中，孤独一次又一次企图吞噬这个单薄的生命。

其次是饥饿，饥饿是无法用言语形容的，他在饥饿的死亡线上挣扎着，以致在获救后，他的歇斯底里的囤积食物的行为也能让人感受到当初的饥饿胁迫着他。最后是狼群的威胁，狼群在他周围频频出现，他也曾看到狼群捕食时那撕咬的血腥。当他面对同伴的尸骨时，那种感觉就更深切了，因为那昭示了他的命运。他与那头病狼之间存在一种竞争关系，他们为生存权利而战，谁倒下来就意味着对方的胜利。环境逼迫主人公回到那个茹毛饮血的原始时代，因为适者生存。

文中没有言说的是对生活的渴望，主人公用行动证实了一切。

在生存信念的感召下，他无所不能。因为有信念，即使过着风餐露宿、食不果腹的日子，他仍坚持着；因为有信念，取舍就有了原则。再耀眼的黄金的光辉此时也显得暗淡了；因为有信念，无惧路途的艰险，无畏敌手的凶猛。

主人公用自己蹒跚的脚步书写了一曲生命的赞歌。（何　亿）

生命的意义

有一部小说，在我还是很小的时候曾经深深地打动过我，今天它依然是摆在我床头常读的书目之一。每当夜深人静，特别是我不得不去直面一切得失荣辱、喜怒哀愁的时候，我总会情不自禁地翻开它，让阅读来抚平心里的创痛，让思索去沉淀身上的浮躁。这部小说叫《热爱生命》，作者是一位极具美利坚民族色彩的优秀作家——杰克·伦敦。

什么是生命的意义？活着便是意义，答案其实也就这么简单。前一段时间，我们曾经被北京的一个叫张穆然的小女孩深深打动过，她17岁，患白血病，无法救治。不知道报纸是怎样关注上她的，于是我们有了机会去目睹一个花儿一样的女孩，是怎样怀着对生的眷恋笑对余生和坦然迎候死亡的。其实，要亲眼目睹美好的事物被活生生地践踏掉，实在是一件很残忍的事。但我却身不由己被接二连三的穆然的故事所吸引，并为她的顽强所折服。虽然最终花儿还是凋谢了，但我却久久地在回味着那花朵一样鲜活的面庞是曾经怎样快乐地存在过。是的，生命本来就是美丽的。

亲爱的朋友，当你有缘由抑或根本就是无端地为一些琐事而郁闷的时候，当你遇到太多的是是非非却无力承受的时候，当你面临巨大的挫折而万分痛苦进而怀疑生存的意义的时候，读一读这部叫做《热爱生命》的小说吧。因为从那里你可以解开一切的谜团，让自己有勇气去正视并开始一

个崭新的自我。（佚　名）

思　考

只要心中生存的意念还在，只要不轻易放弃自己的生命，再窘困的处境也能重生，这就是《热爱生命》所要告诉我们的一个简单而实用的道理。读完本书，你对生命的意义有何理解呢？

小王子

《小王子》的作者安托万·德·圣埃克苏佩里 1900 年 6 月 29 日生于法国里昂。1921～1923 年在法国空军中服役，曾是后备飞行员，后来又成为民用航空驾驶员，参加了开辟法国—非洲—南美国际航线的工作，他的作品《南方邮航》（1928 年）、《夜航》（1931 年）、《风沙星辰》（1939 年）等，都是他根据自身的飞行经验而创作的。

1923 年圣埃克苏佩里因飞行事故负伤退役，但他始终对飞行难以割舍。1927 年，他终于如愿以偿，成为从法国图卢兹到非洲卡萨布兰卡和达喀尔的邮航的一名飞行员。在任朱比中途站站长期间，他多次死里逃生，极为出色地完成了空难救险任务，并因此而荣获"法国荣誉团骑士"称号。

1939 年德国法西斯入侵法国，虽然医生认为圣埃克苏佩里多次受伤不宜再次入伍，但他坚决要求参加抗德战争。1940 年法国在战争中溃败，圣埃克苏佩里在流亡美国期间，创作出了"小王子"这一永恒的纯真形象。

1943 年，在圣埃克苏佩里的强烈要求下，他回到法国在北非的抗战基地阿尔及尔执行飞行任务。1944 年 7 月 31 日上午，圣埃克苏佩里出航执行第八次任务，从此再也没有回来，牺牲时，年仅 44 岁。近年，在欧洲某地的一个湖中，发现了圣埃克苏佩里的飞机残骸。为了纪念这位伟大的战士和文学家，当地决定为这架飞机的残骸建立一个博物馆，以他的名字命名，陈列他的作品和遗物。

喜欢小王子，好像不需要理由，只要你曾经有过这样的快乐和不快乐，这样的执著或是放弃。无论你是孩子、大人，无论你的教育程度、职业、性别和国籍如何，阅读这本书，你都会发出会心的微笑；无论你的身份如何，你都可以用自己的方式去读它；无论你的心情如何，你都可以带着自己的感受去读它。

阅读《小王子》长久以来被视为一种必修的文化学分，从9岁到99岁，年龄已经不再是界限，每个人都可以以自己的方式来体会其中的柔情和哲理，品出你自己的人生况味，读出你生命中久违的眼泪来。漫游在小王子的世界中，是一种心灵的飨宴。《小王子》是一则关于爱和责任的寓言，当我们阅读它的时候，我们那颗日复一日变得冷漠的心，会在小王子的目光中、满天的星光下，恢复往日的纯真与烂漫。

所有的大人都曾经是孩子。半个多世纪以来，《小王子》几乎成了人类"共通的语言"，所有关于人类的美好的情感，如梦想、美丽、善良、忧伤、希望等，这里都有；所有关于大人们的执拗、固执、贪婪、任性、残暴等，那些失去了本真的生活乐趣的言行，都在这里得到反思。《小王子》是一种真正的"心灵鸡汤"——不像真正的鸡汤那么油腻，但营养比鸡汤丰富，这是一本值得你一生阅读并去体会的书！

阅读重点

作者把想象和现实奇妙地结合起来，以高超的写景状物的艺术才能，细致地描写了人间的事和物，用纯净的语言刻画出各种生动的形象。

让人类多一份爱心，少一份仇恨和残杀，是作者创作这部传世之作的主旨。小王子世界里的美与丑，寄托了作者对现实生活的美好向往。

书海导航

【写作背景】1942年，因法军溃败而对法国的政治家们失望的圣埃克苏佩里只身远渡到美国，想从那里找到救国的希望。可那里各政党间的争斗、社会现实的黑暗一样令他失望。再加上对故乡的怀念，对远在法国的妻子的思念等因素，他感到格外的寂寞、孤独。于是小王子的形象便渐渐作为安慰在他的心中出现了：他常在餐巾纸上描绘小王子的草图，借以掩饰寂寞。恰巧这时有人请他写一部儿童读物，于是他便结合着七年前一次飞行中迫降在利比亚沙漠的经历，饱蘸着对亲友和故国的思恋写下了这本不朽的童话《小王子》，还亲自为之绘了插图——据说起初主要是因为那些吸引人的插图，出版社才答应出版《小王子》的。

【内容精要】《小王子》的故事情节主要是以对话的形式展开的，语言通俗流畅，可读性很强。作者采用倒叙的手法，一步一步地向读者揭示小王子的经历和身世。随着对小王子的逐渐了解，读者对小王子的喜爱也一点一点地增加。小王子居住在一个小小的星球上，他拥有三座火山和一朵在他心目中独一无二的花朵。他每天认真地清理火山，并且细心照料玫瑰花，但小王子不懂为何这朵花那么自傲与挑剔，于是他为了逃离这朵玫瑰花而离开了他的星球去旅行。小王子在旅行途中依次帮助了醉心于权势的孤独的国王，孤芳自赏的虚荣迷，自暴自弃的酒鬼，贪得无厌只为账面数字忙个半死的商人，因循守旧不知为谁而忙的点灯人，学究气十足却脱离实际的地理学家，还遇见了地球上的扳道工等。表面上看来，他们中一些人的行为似乎很荒唐可笑，但实际，这些人都是我们日常生活中屡见不鲜的人物。作者对这些原形进行加工提炼，使其更具象征意义和普遍意义。

圣埃克苏佩里认为爱和友情是高于一切的，《小王子》则明确地体现出了他的这种追求。在沙漠中，作为孤独、智能的化身的狐狸请求小王子驯养它，并向他泄露了它的秘密——"只有心灵才能洞察一切，本质的东西肉眼是看不见的"，应该用心灵去追求真理，而小王子正是靠心灵才发现了以沙漠中的水井为象征的生命之泉。当小王子要和狐狸分别时，狐狸告诉小王子，"你必须对那些你所驯养的东西负责。你必须对你的玫瑰花儿负责任。"由此，《小王子》一书中"爱是一种责任"的命题也就在此时被狐狸点出来了。最后，小王子为了对他的花儿负责，回到了他的星球。玫瑰花是爱和幸福的象征，小王子由最初的爱她却又不知如何去爱，到后来回去照顾她，作者通过小王子的这一别一回，向我们揭示的正是在理想与现实的矛盾中爱与责任这一主题。

此外，小王子和飞行员之间的友谊也是真诚的。飞行员在与小王子的欢乐与忧伤中找回了自己的童心，学会了用心看一切。只有童心未泯或恢复了童心的大人们，才能与小王子相互理解，进行交流，沟通思想。书中的飞行员也是在找回了失去的童心，用心灵去观察一切之后，才真正与小王子建立了联系。他肩负着"责任感"，进而发出了"爱是一种责任"的呼吁。让人类多一份爱心，少一份仇恨和残杀，便是圣埃克苏佩里撰写《小王子》这部传世之作的主旨。

　　小王子世界里的美与丑，寄托了作者对现实生活的美好向往，看似异想天开，但又极其自然。作者把想象和现实奇妙地结合起来，以高超的写景状物的艺术才能，精微细致地描绘了人间的事和物，用纯净的语言刻画出各种生动的形象。故事里没有"小童星"，没有"金箍棒"，没有"魔法石"，没有"恐龙"，但小孩子"可以在其中感受到特殊的美"，因为小孩子有童真，有好奇心，有了解更多外部世界的欲望，他们尽可享受小王子——他们的好朋友讲的故事；故事里没有动人曲折的故事，没有跌宕起伏的情节，但成人可以在其中揣摩富有特殊韵味的寓意，因为成人，尤其是童心未泯的人可借着小王子的想象力暂时忘记属于大人世界的纷扰，飞回童年，并反思现实生活，从而参透出作者"只有在荒漠深处"才能真正发现的"人的真谛"。如果我们能在想象小王子的世界的同时反思现实，就可以领悟出《小王子》的经典所在了。

　　【地位影响】世纪之交，法国人举办了一次20世纪最佳法语图书评选活动。出乎人们意料，最终脱颖而出摘得桂冠的是一本区区数万字、不过百余页的小书——《小王子》。在一项几乎纯粹较量"人气"的竞赛中，《小王子》能够压倒《追忆似水年华》、《蒂博一家》这样的皇皇巨著，也许其意义并不在于奠定了这部广受欢迎的作品在文学史上至高无上的地位，而是证明了它同世间所有普通平凡的心灵接近的程度。

　　《小王子》是一本可与《圣经》齐名的世界名著，在全球范围内被翻译成42种文字，并多次再版，经久不衰，很多近代有名的作家均承认在写作上受本书影响很大。1993年这本书出版50周年时，法国政府以其作者圣埃克苏佩里的肖像发行50元钱券来纪念他，此举可谓空前绝后。

华文精选

　　如果有人钟爱一朵独一无二、盛开在浩瀚星海里的花，那么，当他抬头仰望繁星时，便会心满意足。他会告诉自己："我心爱的花在那里，在那颗遥远的星星上。"可是，如果羊把花吃掉了，那么，对他来说，所有的星光就会在刹那间黯淡无光！而你却认为这不重要！

　　这就像花一样。如果你爱上了一朵生长在一颗星星上的花，那么夜间，你看着天空就感到甜蜜愉快，所有的星星上都好像开着花。

让世界适合于小王子们居住

令我感到不可思议的一件事是，一个人怎么能够写出这样美妙的作品。令我感到不可思议的另一件事是，一个人翻开这样一本书，怎么会不被它吸引和感动。我自己许多次翻开它时都觉得新鲜如初，就好像第一次翻开它时觉得一见如故一样。每次读它，免不了的是常常含着泪花微笑，在惊喜的同时又感到辛酸。我知道许多读者有过和我相似的感受，我还相信这样的感受将会在更多的读者身上得到印证。

按照通常的归类，《小王子》被称作哲理童话。你们千万不要望文生义，设想它是一本给孩子们讲哲学道理的书。一般来说，童话是大人讲给孩子听的故事。这本书诚然也非常适合于孩子们阅读，但同时更是写给某些成人看的。用作者的话来说，它是献给那些曾经是孩子并且记得这一点的大人的。我觉得比较准确的定位是，它是一个始终保有童心的大人对孩子们、也对与他性情相通的大人们说的知心话，他向他们讲述了对于成人世界的观感和自己身处其中的孤独。

的确，作者的讲述饱含哲理，但他的哲理绝非抽象的观念和教条，所以我们无法将其归纳为一些简明的句子而又不使之受到损害。譬如说，我们或许可以把全书的中心思想归结为一种人生信念，便是要像孩子们那样凭真性情直接生活在本质之中，而不要像许多成人那样为权力、虚荣、占有、职守、学问之类表面的东西无事空忙。可是，倘若你不是跟随小王子到各个星球上去访问一下那个命令太阳在日落时下降的国王，那个请求小王子为他不断鼓掌然后不断脱帽致礼的虚荣迷，那个热衷于统计星星的数目并将之锁进抽屉里的商人，那个从不出门旅行的地理学家，你怎么能够领会孩子和作者眼中功名利禄的可笑呢？倘若你不是亲耳听见作者谈论大人们时的语气——例如，他谈到大人们热爱数目时，如果你对他们说起一座砖房的颜色、窗台上的花、屋顶上的鸽子，他们就无动于衷，如果你说这座房子值十万法郎，他们就会叫起来："多么漂亮的房子啊！"他还告诉孩子们，大人们就是这样的，孩子们对他们应该宽宏大量——你不亲自读这些，怎么能够体会那讽刺中的无奈，无奈中的悲凉呢？

我还可以从书中摘录一些精辟的句子，例如："正因为你在你的玫瑰身上花费了时间，这才使她变得如此名贵。""使沙漠变得这样美丽的，是它在什么地方隐藏着一眼井。"可是，这样的句子摘不胜摘，而要使它们真正属于你，你就必须自己去摘取。且把这本小书当做一朵玫瑰，在它身上花费你的时间，且把它当做一片沙漠，在它里面寻找你的井吧。我相信，只要你把它翻开来，读下去，它一定会对你也变得名贵而美丽。

圣埃克苏贝佩里一生有两大爱好：飞行和写作。他在写作中品味人间的孤独，在飞行中享受 4000 米高空的孤独。《小王子》是他生前出版的最后一本书，出版一年后，他在一次驾机执行任务时一去不复返了。没有人知道他去了哪里。我常常觉得，他一定是到小王子所住的那个小小的星球上去了，他其实就是小王子。

有一年夏天，我在巴黎参观先贤祠。先贤祠的宽敞正厅里只有两座坟墓，分别埋葬着法兰西精神之父伏尔泰和卢梭，唯一的例外是有一根巨柱上铭刻着圣埃克苏贝佩里的名字。站在巨柱前，我为法国人对这个大孩子的异乎寻常的尊敬而感到意外和欣慰。当时我心想，圣埃克苏佩里诞生在法国并非偶然，一个懂得《小王子》作者之伟大的民族有多么可爱。我还想，应该把《小王子》译成各种文字，印行几十亿册，让世界上每个孩子和每个尚可挽救的大人都读一读，这样世界一定会变得可爱一些，会比较适合于不同年龄的小王子们居住。（周国平）

永远的童话

在圣埃克苏佩里的众多的作品中，《小王子》是最受人们欢迎的一部。这本不足五万字的小书 1943 年出版于美国，不久即成为名著，后来又被拍成同名电影。在作者的祖国法兰西，这本书已销售 400 万册以上，足可与大名鼎鼎的雨果、加缪等人相比肩。即使在华语世界，也至少有五种不同译本出现。

为什么一本小书会受到如此青睐呢？

圣埃克苏佩里在这部童话小说里，通过一颗小星球上的一个小王子旅行宇宙的经历，表达了对人类"童年"消逝的无限感叹。小王子在旅途中到过六个星球，碰到过一个目空一切的国王，一个爱慕虚荣的人，一个消磨光阴的酒鬼，一个唯利是图的商人，一个循规蹈矩的点灯人和一个学究式的地理学家，最后才到达地球。作者以小王子的孩子式的眼光，透视出这些大人们的空虚、盲目和愚妄，用浅显天真的语言写出了人类的孤独寂宽、没有根基随风流浪的命运。同时，也表达出作者对金钱关系的批判，对真善美的讴歌。

故事里一只狐狸说过这样一句富有哲理的话："只有心灵才能洞察一切，本质的东西肉眼是看不见的。"狐狸告诉小王子，在茫茫的宇宙中，因为有一朵玫瑰花存在，你曾经为她浇过水、除过虫，和她有着心灵的感应，所以宇宙就完全不同了。世界上有千千万万数也数不清的玫瑰花，她们看上去没有什么不同，但因为有了心灵，你的那朵就和别的有了千差万别，所有别的玫瑰花加在一起，也不能取代她。

我每一次读《小王子》，都被这种孩子式地看待世界的态度感动，多么天真、幼稚，可又多么纯洁、真诚。在现实生活中，我们整天忙忙碌碌，像一群群没有灵魂的苍蝇，喧闹着、躁动着，听不到灵魂深处真诚的低语。时光流逝，童年远去，我们渐渐长大，岁月带走了许许多多的记忆，也销蚀了我们心底曾经拥有的那份童稚的纯真。我们沉溺于人世浮华，专注于利益法则，我们不顾心灵的沉重的桎梏，可是愈如此，愈体验到人生意义的虚无。读大学时，我看了不少现代派的作品，里面充满了欲望、异化和梦魇，这些对世界险恶真实的写照，看得人心里充满了卑琐失望。但是，我每次读一遍《小王子》，就好像在清水中洗了个澡一般，心又重新变得剔透明亮了。（陈万华）

名家导读

如果我只有一个月的时间，只一个月，我便去看一本法国作家——圣埃克苏佩里著的《小王子》。用一个月去看它，可以在一生里品味其中优美的情操与思想，它是绝对不枯燥的一本好书。

——著名作家 三 毛

我说《小王子》是一部天才之作，说的完全是我自己的真心感觉，与文学专家们的评论无关。我甚至要说，它是一个奇迹。世上只有极少数作品，如此精美又如此质朴，如此深刻又如此平易近人，从内容到形式都几近于完美，却不落丝毫斧凿痕迹，宛若一块浑然天成的美玉。

——著名学者 周国平

如同西藏的蓝天能够让人热泪盈眶、使人渴盼回到大自然的原初一样，《小王子》能让我们猛醒和震惊，带我们回到人性的原初。这真的是一个

"纯粹人类的故事"，细细读来，你就会为它深邃的思辨性和哲理性而着迷，《小王子》就这么美好。

——青年作家　田　夏

青春感悟

关于生命和生活的寓言

我在不经意间发现《小王子》这本书，这本有着童话的思维方式，却具有成人的智能的书告诉我们很多很多。它使我知道了有太多的东西我们应该向孩子们学习，或者正是稚气未脱的他们才会教会我们许许多多生活的真谛与原始的质朴。小王子的勇敢与执著，小王子对生命的看法，难道不足以让原本短暂的生命持续得更长，闪耀出更多的光彩来吗？

我们都曾经是个孩子，心里只有简单的愿望和质朴的心思，我们曾经执著于自己的玩具，哪怕它已经破旧不堪，对我们来说，它仍然是无可代替的，因为它曾经和我们一起亲密地成长。我们心里觉得重要的和大人们是如此不同，现在的我们已经渐渐长大成人，所有的事在我们眼里已经不是那么的简单和质朴了……

《小王子》告诉我，生活的芬芳来自于与自然的接近，无论是从地理上，还是心理上。它提醒我们那些最简单的快乐和最淳朴的情感，告诉我们快乐的来源有时只是一朵小花儿，或者，只是一滴晶亮透明的水滴……生命里最重要、最本质的东西，恰恰不是我们能用金钱在商店里轻易获得的。

我对《小王子》有一种深深的喜爱，因为它接近了人们的心底，它带着我们回到了我们最初的心灵之中，在反复的追寻之后发现"爱与责任"才是生命和生活的真谛！（卢晓宇）

永远的小王子

初听到《小王子》这个名字，以为不过是一本薄薄的童话，没想到竟是如此让我留恋。

小王子有那么纯真的思想，那么美丽的想象力。看到小王子，让我想起正在从我们身上流失的一些东西……成长带来了什么？越来越像书中的大人们吗？常常觉得大人很无趣，他们心中有许多莫名其妙的忧虑，有大人世界自定的好坏标准，有太多的绝对，缺乏创意。在看完《小王子》之后就有很大的感触，仿佛找到了"知音"。

圣埃克苏佩里是一个喜爱思考与文学创作的飞行员，他将飞行、沉思与写作结合在一起。他将这本《小王子》献给所有的孩子及爱思考、创作的大人们，这是一本充满童心、童稚与智能的书。书中的小王子将帽子想象成大象、蟒蛇和原始森林，他是一个富有想象力与稚子之心的人。在旅行中，小王子看到了世间百态，形形色色的人在物欲横流的社会里迷茫着，他们唯一的共同点是：玩着大人们的数字游戏、心中充满欲望、虚荣、乐衷权力、有着自甘堕落的自圆其说逻辑，缺乏对真实世界的爱和兴趣……

在经历了这一切以后，小王子明白了自己所找寻的原来就在自己出发的地方，他所真正牵挂的需要的就是他的玫瑰，驯服自己的那朵独一无二的玫瑰。在小王子看来，"爱"才是人生的目的和意义……

小王子有着太多美丽的想象，他之所以超乎常人，是因为这个世界有太多的传统、礼教、绝对……把我们变成缺乏想象力与创造力的俗人。就请大家暂时抛开这故事的真实性，随着故事及书中的图片尽情地畅游梦想国度吧！你将发现生活不再苦闷、无趣，然而先决条件是你得抛开世俗的眼光，保持一份童稚的纯真。（鲁　琳）

思　考

不要只是把《小王子》当做童话，沉浸在对童年的回忆中；不要只是羡慕小王子又回到玫瑰身边，期待着自己也成为小王子的玫瑰；不要停留在沙漠上做一只等爱的狐狸；也不要晚上对着星星，总在忧伤地怀念小王子。人生的问题总会在你合上《小王子》这本书后涌现。试着想一下，你该从《小王子》里找寻什么，你该怎样解决生活中所遇到的难题。

一生必读的文学精品

爱的教育

德·亚米契斯，1846 年 10 月 31 日生于意大利，自幼酷爱学习和写作。那时的意大利受法国大革命的影响，国内正酝酿着爱国主义风潮，自然也在亚米契斯幼小的心灵里留下不可磨灭的印记。20 岁时亚米契斯从军校毕业，加入军队，开始写一些具有爱国风味的短篇故事，并出版了他的第一本书《意大利军旅生活》。1888 年，42 岁的亚米契斯写出了他最畅销的书《爱的教育》。今天《爱的教育》在各国均有译本，被誉为世界最优秀的少年读物之一。

《爱的教育》是一部风行全球，脍炙人口的著作，由意大利作家亚米契斯耗时近 10 年完成，是一部令全世界亿万人感动而泣的伟大作品。作者亚米契斯谨以此书奉献给青少年们，书中充满了儿童情趣的幽默语言和 19 世纪意大利引人入胜的习俗风尚，作品展示的孩子们对祖国和人民，对父母和兄弟姐妹，对老师和同学的深厚感情更是扣人心弦，也为我们今天了解当时整个意大利社会的各个方面提供了一个更为直观的视角。凡是读过这部书的人都将无法抗拒它的魅力……它所饱含的教益、慰藉和激荡的情愫无不使人流下动情的眼泪。

在整本书中，亚米契斯以一个小学生的名义，通过日记的形式讲述了小男孩安利柯在学校、校外的所见所闻，并且写成一个个小故事，语言通俗易懂，让我们读来就好像在充满爱的海洋中翱翔。

只有你打开这本书，一点一滴地阅读它，你才会理解，为什么它是世界上最感人的教育之书，为什么夏丏尊先生在翻译这本书时会热泪盈眶，为什么这是素质教育的经典之作。《爱的教育》自问世以来被译成数百种文字，成为一代又一代读者，尤其是青少年读者爱不释手的读物，也是我国家喻户晓的作品。

阅读重点

本书通过一件件平凡、细微的事情，娓娓地记叙师生之情、父子之爱、朋友之谊，展示人性的善良与纯洁，讴歌爱祖国、爱社会的精神。

作品的语言朴实、晓畅，饱含对社会中下层艰辛度日的大众深沉的关爱，对普通人纯真心灵的热忱赞颂，洋溢着博大的人道精神和温馨的人性之美。

书海导航

【写作背景】亚米契斯是意大利作家，受意大利民族解放运动领袖玛志尼的影响很大，自称是玛志尼的追随者。作为一个民主主义者和人道主义者，亚米契斯认为教育问题具有重大的意义。亚米契斯为自己规定了一项任务，要把青少年培养成未来的公民。抱着这个目的，他在《爱的教育》中以一个小学生的名义，通过日记体的形式讲述了很多小故事，亚米契斯将"爱的教育"融进这些故事，用以培养年青一代的思想情操。

亚米契斯倡导的"爱的教育"，包括热爱学习、热爱劳动、热爱祖国、同情弱小、乐于助人、尊师爱生、体贴父母等人类美好的精神，在作品中通过一些小故事把上述精神表现得亲切感人，具有很强的艺术感染力。

【内容精要】本书原名《心》，上世纪 20 年代初，由著名的文学家夏丏尊先生从日文和英文转译介绍到中国，先由《东方杂志》连载，后又由开明书店出版单行本。此书在当时教育界引起巨大反响，被很多教师奉为教育经典。

《爱的教育》一书以一个小男孩安利柯的眼光，从 10 月份四年级开学第一天开始写起，一直写到第二年 7 月份。全书共 100 篇文章，每章每节，都把"爱"表现得精髓深入、淋漓尽致，大至国家、社会、民族的大我之爱，小至父母、师长、朋友间的小我之爱，处处扣人心弦、感人肺腑。

此书属日记体作品，但这绝不是一个小学生的日记，而是由作家模拟小学生的视角精心设计、构思而成的文学作品。内容由三个部分穿插而成，一是安利柯的记事，写了从开学第一天到学期末的整个一个学年中各种各样的学习与生活内容，这是这部作品的主体；二是由老师讲述给同学们的"每月故事"，一共九则，讲述了各种各样的社会生活中富于教育意义的故事；三是父亲、母亲、姐姐写给安利柯的话，富于启发性。三大部分构成了一个小学生所能接触到的学校、社会和家庭的各种人与事。通过一件件平凡、细微的事情，娓娓地记叙师生之情、父子之爱、朋友之谊，展示人性的善良与纯洁，讴歌爱祖国、爱社会的精神。作品的语言朴实、晓畅，饱含对社会中下层艰辛度日的大众深沉的关爱，对普通人纯真心灵的热忱赞颂，洋溢着博大的人道精神和温馨的人性之美。

安利柯虽然生活在意大利，但他生活中的许多东西与我们是那么接近，很容易让我们联想到自己的经历，会使我们从中学到很多为人处世的经验，获得诸多教育，使我们的心灵更加纯净。

书中一些写同学、老师和学校生活的篇章非常精彩，如"全班第一名"、"学校里的女教师"、"代课老师"、"体育课"等。写下层劳动人民及助人为乐的事非常感人，如"意外一事件"、"扫烟囱的孩子"、"在阁楼上"等。父母的话语重心长，老师的故事富于启发，如"学校"、"感恩"、"希望"、"帕多瓦的爱国少年"等，值得我们认真阅读。

【地位影响】这是一部令全世界亿万人感动而泣的伟大作品，小男孩安利柯以自己的眼光，写下了发生在自己身边的100则各式各样感人的小故事，每章每节，都把"爱"表现得淋漓尽致。本书是为人父母，为人师长，为人子女一生必读的教育经典，一出版就受到教育界的重视与欢迎，可以说超过了任何一种有关教育学或教育概论的著作。100多年来此书一直畅销不衰，并且曾多次被改编为动画片、电影、连环画，读者遍布全世界。

华文精选

无论是工人的孩子，还是绅士的孩子；是穷人的孩子，还是富人的孩子，都要像亲兄弟那样相亲相爱。

——《爱的教育：盛气凌人》

要尊敬和爱戴你的老师。因为他们将一生献身于孩子们的教育事业，开启你们的智慧，培育你们的心灵。

——《爱的教育：感恩》

那幢简朴的小白屋，紧闭的百叶窗和启迪你智慧之花的校园，将会令你终生难忘，就像我永远难忘第一次听到你呱呱落地时哭泣的那间小屋一样。

——《爱的教育：母亲的最后嘱咐》

阅读指导

一个意大利小学生的日记

译林出版社又要出版《爱的教育》了，编辑同志要我写几句话介绍这部小说。他说：《爱的教育》是夏丏尊先生翻译的，由开明书店出版；您是夏先生的女婿，又在开明书店当过编辑，由您来介绍是最合适不过的了。经编辑同志这么一说，我真觉得非写几句不可了——因为60多年前我当小学生的时候就读这部小说，把书中的人物作为学习的榜样；40多年前我当了中学教师，又把这部小说看做教育孩子的指南。《爱的教育》跟我的关系的确够深的了，我有责任把我所知道的告诉它的新读者。

《爱的教育》这本风行全球、脍炙人口的著作，由意大利作家亚米契斯耗时近十年完成。无论哪一章，哪一节，都把"爱"表现得精髓深入，淋漓尽致，使得全世界各国都公认此书为最富爱心及教育性的读物而争相翻译出版。

《爱的教育》是每个家庭必备的良书，是为人父母者，为人师长者，为人子女者在一生中务必一读的经典。

为什么全世界不管看过或没有看过的读者都知道这本书？

为什么这本书就像所有不知名的圆舞曲一样让人难以忘怀？

《爱的教育》一书是一个意大利四年级小学生在一个学年10个月中所记的日记。全书共100篇文章，主要由三部分构成：主人公安利柯的日记、他的父母在他日记本上写的劝诫启发性的文章、十则老师在课堂上宣读的小故事。

因为我们的主人公是个小男孩，而19世纪的意大利所实行的是男女分校制，所以也许女读者在阅读的时候会有受了冷落的感觉，几乎所有的主要人物都是男的。这其实是完全没有必要的。

这里展现给我们的是两个世纪以前的生活。本书以一个小学生安利柯的日记形式，讲述了一个学年内发生在他身边的一个个感人的小故事，还有父母在他日记本上写下的劝诫文字，以及老师在课堂上精彩的"每月故

事"。书中那些平凡的人物，像小石匠、卖炭人、父亲的老师、铁匠的儿子、盲童等，无不荡漾着亲子之爱、师生之情、朋友之谊、社会的同情心、对国家和民族的大爱。无处不在、无所不包的一个"爱"字，这个生生不息的神圣字眼，虽没有"惊天地、泣鬼神"的惊心动魄，却总让人怦然心动，甚至泪流满面，提醒我们学会用一种温暖的眼光看世界。中外一代又一代父母都选择了《爱的教育》，作为给孩子的人生第一课。本书意大利原版的书名 Coure 是"心"的意思。夏丏尊先生 1923 年的第一个中文译本取名《爱的教育》，出版后朱光潜、丰子恺、陈望道、茅盾等知名学者也竞相推荐为学生的重点读物、学校建设的蓝图，其影响超过了任何一种教育学专著。(叶至善)

怀念《爱的教育》

至今，我还怀念一本书——《爱的教育》。

那是 1992 年，为教育念书的孩子，我在旧书店买了一本 20 世纪 80 年代出版的《爱的教育》。没想到，读着读着，我也被书中的故事所感动了。这才明白，这本 17 万多字的书，不仅是给孩子读的，也是写给父母的啊！

今天，我又重温《爱的教育》这本书，为星期日回家的大儿子追述那一个个爱的故事，希望儿子珍惜今天，珍惜人间爱的感情……

《爱的教育》哪里去了？书店、图书馆，如今很难找到这类好书了。尤其是当我在书店，看到不少学生迷醉于那些言情小说和色情故事时，心中有说不出的痛。《爱的教育》中那些平凡的人物：小石匠、卖炭人、父亲的老师、我的老师、铁匠的儿子、盲童，等等，依然浮现在我眼前。《爱的教育》是以最朴实的语言，讲述着 100 个与孩子有关的故事：《扫烟囱的孩子》、《班长》、《穷人》、《虚荣心》、《感恩》、《嫉妒》、《争吵》、《告别》，等等，歌颂了儿童应该具备的纯真感情。同时书中也表露了从家庭、学校到整个社会，都在营造一种良好的环境，潜移默化地培养、塑造着儿童爱祖国、爱人民的感情。

《爱的教育》是流传世界各国的一本儿童名著，意大利作家亚米契斯写于 1886 年，书的原名是 Coure，翻译是"心"。它的英译本是《Heart》，译意也是"心"。儿童文学翻译家叶君健在《爱的教育》代序中说："心"这个字又可以作"感情"解释，在中外文都是如此。夏丏尊先生说原来就想译成《感情教育》。序言中他还说，在 1920 年，他得到这本书的日译本后，一边读一边流泪。他许愿要译成中文，不光是给孩子们读，让父母和教师都跟他一样，流一些感动的眼泪、惭愧的眼泪。夏先生终于在1923年将书译成中文，并首先在当时一本有影响的成人综合月刊《东方杂志》上连载。后由开明书店作为《世界少年文学丛刊》出版单行本。五四期间，《爱的教育》就被匡互生、朱光潜、丰子恺、陈望道、黎锦熙、茅盾、夏衍等知名学者作为当时"立达学园"学生们的重点读物，几乎人手一册，当时不少学校教师也把这本书定为中小学生的必读课外书。

社会需要爱，人类进步更需要爱。1980年，田雅青译的《爱的教育》由中国少年儿童出版社出版。译者说："这本书译于50多年以前，那时的语言，今日的儿童已不习惯，读起来感到吃力，为了解除这层障碍，使更多的孩子能读到这本好书，就需要重译。"夏丏尊先生的女婿叶至善在介绍这本书时说："但是有一点至少可以肯定，如果不讲感情，不讲爱，学校就一定办不好。"叶君健在重译这本书的代序中也说得更确切："从推动历史前进这个意义上认识，这样一本书对于我们今天的青少年有着极为现实的意义。"

好书要有读者的呼吁，更要有名人来推荐。但愿今日的名人，能把《爱的教育》再次推向社会，把爱的感情送进孩子和大人们的心灵，让社会多充满一些爱心，那是一片春天的阳光雨露啊！（孙文广）

名家导读

这书给我以卢梭《爱弥儿》、裴斯泰洛齐《醉人之妻》以上的感动。我在四年前始得此书的日译本，记得曾三个日流泪夜读毕，后来在翻译或随便阅读时，还深深地感到刺激，不觉眼睛润湿。这不是悲哀的眼泪，乃是惭愧和感激的眼泪。除了人的资格以外，我在家中早已是二子二女的父亲，在教育界是执过十余年的教鞭的教师。平日为人为父为师的态度，读了这书好像丑女见了美人，自己难堪起来，不觉惭愧得流泪。书中叙述亲子之爱，师生之情，朋友之谊，乡国之感，社会之同情，都已近于理想的世界，虽是幻影，使人读后感觉到理想世界的情味，以为世间要如此才好。于是不觉就感激得流泪。

——著名文学家　夏丏尊

《爱的教育》一出版就受到教育界的重视和欢迎，可以说超过了任何一种《教育学》或《教育概论》。有夏先生的推崇当然是个原因，还有个更重要的原因，当时有许多教师要求冲破封建主义的束缚，而这部小说给他们塑造了一个可以让他们仿效的模型——当然，实际上体现的是小资产阶级知识分子的理想。许多中小学把《爱的教育》定为学生必读的课外书，许多教师认真地按照小说中写的来教育他们的学生。

——著名作家　叶至善

好的小说，是可以超越时空的，《爱的教育》这本小说就以其纯洁崇高真挚的爱教育了我这个生活在 21 世纪的青年。……这部处处洋溢着爱的小说所蕴涵散发出的那种深厚、浓郁的情感力量，是永不过时的，也永不会消散。《爱的教育》在诉说崇高纯真的人性之爱就是一种最为真诚的教育，而教育使爱在升华。我想这部好小说将会把这种美好的感受带给更多更多的人……

——青年作家　陈　飞

青春感悟

人间处处有爱

读罢《爱的教育》，激荡于我胸怀的激情久久难以平息。因为这本书让我明白了人间存在着一种温馨的人性之美——爱。作者用爱的金钥匙，打开了通往人们内心的大门。

作者通过一件件微不足道的小事，娓娓地记述了师生情、父子爱、朋友谊，赞颂了爱祖国、爱社会的精神。通过对人物的细致刻画，展露了人性的善良与纯洁。作品语言朴实、晓畅，通俗易懂，令人感到亲切、感人。

未读之前，我曾困惑"爱"是何物。家庭中的爱是亲人间的相濡以沫，校园中的爱是学生与学生、学生与老师间的互助、合作、尊师、爱生。但读了《爱的教育》，我似乎懂得更多：热爱学习、热爱祖国、同情弱小、乐于助人、体贴父母等都是"爱"。读完之后，我认识到了人间处处有爱，爱是人间至美之情。无论是对祖国、父母，还是对师长、朋友的爱，只要耐心、真诚地去寻找，那爱定会出现。所以不要为自己只有一个人而感到孤独，只要你想着其实爱就在身边，就在守护着自己，那孤独和黑暗就会远离你。

书中的一个情节引起了我的思考。安利柯和母亲按照新闻上所宣传的那样，把家里不用的布送到一个住在贫民窟的卖菜的好人家。看到在潮湿阴暗的小屋里，背对着门写字的小孩，正是自己的同班同学克洛西，惊讶的安利柯把这一切告诉了母亲。他母亲说："不要做声，如果他觉得自己的母亲受朋友母亲的施舍，多么难为情啊，不要做声。"一个真正设身处地地为他人着想的母亲，"不要做声"不正是爱的方式方法的很好体现吗？如果他母亲换一种态度："给你，拿去用吧！"接受者该是多么难为情，由于生活的困难而不得不这样，感激就变成了憎恨和羞愧，那么施舍的意义就适得其反了。

读完之后，我感受到了温暖的亲情。虽然，人生阅历不尽相同，但你仍能从《爱的教育》中体会到曾经经历过的那份情感，让你感动。从小充满爱心，长大后才看开事物，怀着宽大的胸怀去对待、处理问题。我很喜欢这本书，作者把人事间老师对学生、亲人对亲人以及陌生人对陌生人的深沉而又复杂的爱，表现得淋漓优美，使人感到是在爱的怀抱中成长一般。

这部作品不但告诉了我们人间的真情是永恒的，而且也使每一个读过它的人更加的爱他们自己的祖国、社会。同时，我们不会忘记那些为了我们而死去的不计其数的人！他们为了我们献出了美好的青春、安宁的老年、亲情、智慧甚至生命——他们是伟大和高尚的！我们应该怀着感激的心情来悼念他们，爱他们。唯有如此，我们才会更加热爱现在所有为我们操心的人。一个人，只有爱他身旁的每一个人，他身旁的人才能爱他，所以，从我做起，爱身旁的每一个人，是《爱的教育》这本书带给我的启示。（佚　名）

爱，托起希望的红日

泰戈尔曾说："爱是亘古长明的灯塔，它定睛望着风暴却兀不为动，爱就是充实了的生命，正如盛满了酒的酒杯。"当我在孤灯下捧起《爱的教育》这本书，来自生命深处的感动一潮一潮，掩卷静思，突然我对这句话有了更深的体会。

爱的含义很广，有亲情之爱，师生之爱，友情之爱，甚至超越生命形式的界限，动物界也有感天动地、惊泣鬼神之爱。在这不再孤独的心境，阅览《爱的教育》让我一次一次地泛动情感的涟漪，爱真是这世界最伟大的杰作。

当我更贴近这本书的内涵后，我相信人与人之间，人与自然之间更应该拥有的是相互了解的爱，而不是统治和控制。当今中学生苦闷、彷徨，也许是爱的交流太少了吧，这使懵懂的我不禁又崇拜夏丏尊先生的观点，他说："我国办学校以来，老在制度上、方法上变来变去，好像挖池塘，有人说方的好，有人说圆的好，不断地改来改去，而池塘要成为池塘必须有水，这个关键问题反而没有人注意。"他认为办好学校的关键是必须有感情，必须有爱；而当时的学校所短缺的正是感情和爱，因此都成了没有水的池塘，任凭是方的还是圆的，总免不了空虚之感。夏先生给这部小说的评价很高，说作者写出了理想的教育境界，就是把学校、家庭、社会都建立在感情的基础上，建立在爱的基础上。

是啊，爱！在这个世界上太缺少了，如果不是，那怎么有那么多战争、厮杀，那么多为了金钱利益而残忍杀害动物的血腥场面。我始终相信人性本善，不管怎样，要上升到爱的高度还需要教育，在爱的环境中成长，他才会对世界充满爱，那他做了家长，也会用那样的世界观来感染、教育他的孩子。"爱是人类最美的语言，爱是正大无私的奉献。"我衷心希望人们能从这本书获得一种慰藉，发出一种勇敢的自信来。

让爱，托起希望的红日吧，明天，世界会更美！（史琳燕）

思 考

《爱的教育》这本书告诉我们学校教育并不是学习的全部，要从各种各样的爱中学到不同的知识。如书中所讲的老师与学生之间融洽的关系，同学之间的友好相处及孩子和父母之间没有代沟的交流等，这种情感是非常难能可贵的！现实生活中你能够和谐地处理好这些关系吗？

海底两万里

　　儒勒·凡尔纳，法国著名的科学幻想和冒险小说作家，世界上知名的文学家之一。他于 1828 年诞生在法国的海港城市布勒塔尼省南特市的一个律师家庭里。1863 年起，他开始发表科学幻想和冒险小说，以总名称为《在已知和未知的世界中奇异的漫游》一举成名。代表作为三部曲《格兰特船长的儿女》、《海底两万里》、《神秘岛》。主要作品还有《气球上的五星期》、《地心游记》、《机器岛》、《漂逝的半岛》、《八十天环游地球》等 20 多部长篇科幻历险小说。到 1905 年逝世为止，他一生中总共创作了 104 部科学幻想小说，近百万字。此外还有其他小说、剧本，以及 1 部地理册和 6 卷本的《伟大的旅行家和伟大的旅行史》等。这使他成为法国声誉很高的多产作家。他被法国科学院选为院士，获得"荣誉军团"的爵士封号和勋章。人们称他为"科学幻想小说之父"，这是名副其实的。

　　凡尔纳的作品形象夸张地反映了 19 世纪"机器时代"人们征服自然，改造世界的意志和幻想，并成为西方和日本现代科幻小说的先河，我国的科幻小说大多也受到他作品的启发和影响。凡尔纳的作品情节惊险，生动幽默，妙语横生，熔知识性、趣味性、创造性于一炉，他提出自然科学方面的许多预言和假设，不断启发着人们的想象力，所以一直受到世界各地读者的欢迎。他的作品被译成数十种语言在世界各地广为流传，深受广大读者的喜爱。据联合国教科文组织的资料表明，凡尔纳是世界上被翻译的作品最多的十大名家之一。

　　你想了解神秘的海底世界拥有哪些令人惊叹的奇观吗？你想知道在人类无法到达的海洋深处生活着哪些奇妙的鱼类吗？你想考证世界上最大的珍珠产自哪里吗？你想看看美丽的珊瑚王国吗？你想领略与鲨鱼搏斗的惊心动魄的感觉吗？如果你对这一切都感兴趣的话，那么就请打开儒勒·凡尔纳的《海底两万里》，打开了它，你便打开了探知海底世界的大门！它将带你走进一个充满新奇、刺激、惊险的世界，你想知道的一切在这里都可以找到答案。

被誉为"科学幻想和探险小说之父"的法国著名作家儒勒·凡尔纳，其名字和作品超越时空地域，至今仍受到世界各国人民特别是青少年读者的喜爱与欢迎。世界上还很少有像他这样的小说家，从广袤的陆地写到浩瀚的海洋，从神秘莫测的地心写到变幻无穷的星际空间，他的许多在当时被认为是不可思议的科学预见，如今都已经实现或即将实现。我们读他的小说，不仅可以漫游天上人间，观赏到前所未闻的绚丽景致；还可以增长科学知识，启迪智慧与想象力，激发难能可贵的推动人类进步的创新精神；更可以陶冶情操，提高审美能力，激励我们去创造更多的真、善、美。他的小说《海底两万里》问世后，一版再版，经久不衰，被翻译成各种文字在世界各地广为流传。

阅读重点

作者把曲折、生动的情节和惊人的想象力巧妙地结合在一起，把新颖的艺术构思和浓厚的幻想色彩自然地融会在一起，既给人以美学享受，又能使人从中学到丰富的科学知识。

书海导航

【写作背景】1868 年，凡尔纳隐居在他购买的一艘游艇里，漫游于法国海滨与孛姆河之上。在这个最合适的地方，他开始了第一部航海小说《海底两万里》的创作。书中的潜水艇诺第留斯号的名字是根据罗伯特·福尔顿 1800 年在巴黎建造的那艘潜水艇命名而来。

有趣的是，创作小说之初，凡尔纳和朋友赫特尔之间就书中的主人公诺第留斯号船长尼摩的特征展开了一场争论。赫特尔认为该把尼摩描写成为奴隶贩卖交易的死敌，为他对某些海上船只的无情攻击提供清晰而理想的辩护。但凡尔纳却希望尼摩是位波兰人，他永不宽恕地把仇恨直指向俄国沙皇（五年前他血腥镇压了一场波兰人的起义）。不过赫特尔担心他引起外交上的分歧，使该书在有利可图的俄国市场上遭禁。最后，作者和出版商逐渐相互妥协了，他们认为尼摩的真正动机应当弄得模棱两可才有吸引力，尼摩应当被大致定位为自由的拥护者和反压迫的复仇者。《海底两万里》出版后，就以其新颖而奇特的内容成为凡尔纳所有小说中最耐读和最受读者欢迎的小说之一。

【内容精要】《海底两万里》是凡尔纳的三部曲的第二部（第一部是《格兰特船长的女儿》，第三部是《神秘岛》），主要讲述的是诺第留斯号潜艇的故事。1866年，有人以为在海上见到了一条独角鲸，法国生物学家阿龙纳斯最后发现那是一艘名为诺第留斯号的潜艇，他带着仆人康塞尔和一个捕鲸手，跟随尼摩船长乘坐这艘潜艇在海底做了两万里的环球探险旅行。尼摩是个不明国籍的神秘人物，他在荒岛上秘密建造的这艘潜艇不仅异常坚固，而且结构巧妙，能够利用海洋来提供能源。阿龙纳斯通过一系列奇怪的事情，终于了解到神秘的尼摩船长仍与大陆保持着联系，用海底沉船里的千百万金银来支援陆地上人们的正义斗争。

本书是凡尔纳写的一部潜入海底、环游世界的科幻小说，书中的故事对我们今天科技高度发达的21世纪来说已是极易理解的事了。但是，在凡尔纳的时代，人类还没有发明可以在水下遨游的潜水艇，甚至电灯都还没有出现。而凡尔纳在他的海底世界里已经幻想了潜水艇，这是多么的令人不可思议啊！然而，凡尔纳的伟大正在于他的幻想的科学性。小说发表后25年，人类成功地制造出了真实的潜水艇，随后进行真正的海底旅游。

本书包容了大量真实的科学知识，对海洋动物、植物进行了细致描绘，对海底地理、地质知识做了准确介绍，内容十分丰富。在这本科幻小说书中，诺第留斯号潜水艇的设计者、制造者、指挥者尼摩船长和乘船探险者博物学家阿龙纳斯周游太平洋、印度洋等冒险故事引人入胜。书中还告诫人们在看到科学技术造福人类的同时，还应重视防止被坏人利用、危害人类自身的行为；提出要爱护海豹、鲸等海洋生物，谴责滥捕的观念。这些将使读者在对丰富多彩的历险与神奇知识的阅读后，留下对有关人类正义更深层次的思考，以及更丰富的心灵的收益。

在《海底两万里》这部小说中，凡尔纳把曲折、生动的情节和惊人的想象力巧妙地结合在一起，把新颖的艺术构思和浓厚的幻想色彩自然地融会在一块，既给人以美学享受，又给人以丰富的科学知识。凡尔纳是一个敢于创新的作家，他的作品热情地歌颂了人类勇敢的进取精神和创造力，让科学插上了幻想的彩色羽翼。他以深邃的洞察力和合情合理的遐想，向未知的领域延伸和拓展，看来似乎是想入非非，却又确实可信。这正如他所说的："虽然我也虚构和臆造，可是我始终都是以现实为根据的。"他善于吸取过去、现在和将来的科学资料为写作的素材，善于利用他所处时代的科学技术的新发现，进行广泛深刻的研究，并加以大胆的幻想，预测未来世界的创造和发明。他巧妙地隐蔽在自己作品中，把科学和艺术，技术和文学结为一体，为我们创造了一种崭新的文学样式——科学幻想小说。这些是凡尔纳超越前人和同时代人的地方。

【地位影响】凡尔纳的作品启迪人们扩大视野，带领人们大胆地幻想未来，创造性地思索未来。世界上许多杰出的科学家，以他们成功的亲身经历，一次次证实了凡尔纳小说的科学性。许多在科学领域里作出杰出贡献的人，都曾经是凡尔纳小说的爱好者，并声称他的小说开启了人们探索自然、学习科学知识的极大兴趣。海军上将伯德在飞越北极后回来说，凡尔纳是他的领路人。气球及深海探险家奥古斯特·皮卡德、无线电的发明者马科尼和其他一些人，都一致认为凡尔纳是启发他们思想的人。甚至连宗教领袖、梵蒂冈的教皇都认为凡尔纳小说具有巨大的吸引力。凡尔纳创作每一部作品都经过周密的构思，他的作品把他在旅途中、阅读中，或生活中的经历、见闻、知识融会贯通串在一起，读他的作品不仅是一种文化消遣，而且上了一节生动形象的地理历史课、科普知识课。1884年教皇在接见凡尔纳时说："我并不是不知道您的作品的科学价值，但我最珍重的却是它们的纯洁、道德价值和精神力量。"

华文精选

对诗人来说，珍珠是大海的眼泪；对东方人来说，它是一滴固体化的露水；对妇女来说，它是她们带在手指上、脖子上或耳朵上的，长圆形，透明色，螺细质的饰物；对化学家来说，它是带了些胶质的磷酸盐和碳酸钙的混合物；最后，对生物学家来说，它不过是某种双壳类动物产生螺细质的器官的病态分泌物。

偶然的机会把这种植虫动物的一些最宝贵的品种摆在我面前。这种珊瑚跟在地中海、法国、意大利和巴巴利海岸打到的，一样有价值。商业上对于其中最美的几种给了"血花"和"血沫"这样诗意的名字，它们的鲜艳颜色证明这是有道理的。

凡尔纳和他的《海底两万里》

凡尔纳身处在欧洲科学技术方面要求创新的时代。特别是19世纪末，欧美各国科学技术的显著发展和政治的相应变化，迫使人们考虑用新的科学方式来改变落后的、陈旧的生产工具。这时涌现了一批工业革命的先驱者，如瓦特、斯蒂芬逊、爱迪生，以及后来的莱特兄弟。蒸汽机的发明、汽车、火车、电汽技术及飞机等科学技术成果应运而生。巴斯德、达尔文和爱因斯坦等的科学论著相继发表。这一切引起当时欧美许多文学家试图用文学形式来再现这种新技术和新的科学思想，描绘今日社会和未来世界的科学远景。

凡尔纳是这批作家中最突出的一个。他虽然不是一个科学家，但他却是当时法国最有学问的人之一。他和他的科学幻想小说受到了广泛的欢迎和重视，他的作品被译成50多种文字，在全世界流传。它们经过了一个多世纪的漫长岁月，仍然为读者所喜爱。他真不愧是"奇异幻想的巨匠"，"能想象出半个世纪乃至一个世纪之后才能出现的最惊人科学成就的预言家"。凡尔纳创造性地把科学和艺术有机地交织在一起，成为"依靠他丰富的幻想来发展那个时代科学家们的成就和发明的人"。当凡尔纳逝世的时候，科学家同文学家一起赶来向他的遗体告别，因为他是科学家中的文学家，又是文学家中的科学家。有人说，科幻小说没有生命力，只能风行一时，这是片面的认识。有没有生命力，不在于科幻小说的体裁本身，而在于作者有没有这样的创造能力，有没有这样深厚的功底，凡尔纳的作品对这种看法是一个有力的驳斥。

《海底两万里》是凡尔纳创作的黄金时代最有代表性的作品之一。它与长篇小说《格兰特船长的儿女》、《神秘岛》合为著名的三部曲，本书为第二部。这部创作享有"百科全书式"的称誉。《海底两万里》是一部以海洋为背景的科学幻想小说，因而无边无际的大海里的自然景色和海洋深处丰富多彩的海生动植物是作家描绘的主要对象，篇幅几乎占了全书的二分之一。在小说中，凡尔纳以他渊博的海洋知识对大海进行了奇美壮观的描述。那壮观的海生动植物，把读者带入了一个崭新的海底世界，令人迷醉惊羡，既引人入胜，又耐人寻味。

在《海底两万里》中，凡尔纳依据富尔顿所进行的潜水船的试验，幻想了一个潜入深海，并能长期航行的潜水船，这在当时来说，简直是不可思议的。富尔顿的潜水船由于技术的原因，根本没有实用的价值，而凡尔纳所幻想的诺第留斯号，那时在世界上也根本没有那么强大的电力来源供养它的光、热和动力。世界上第一艘潜水船是在小说问世30年后才发明的。但是在小说中，却详细地描绘出了它的蓝图。今天，当人们提起潜水艇再也不感觉惊奇了，因为幻想已经变成现实，而且大大地超越了凡尔纳的想象。美国第一艘核潜艇"舡鱼"号曾在水下横渡了北冰洋，而第二艘核潜艇"海神"号仅用了84天的时间在大洋底下环绕了地球一周。但是，人们仍然叹服凡尔纳的幻想能力，仍然抹杀不了他对科学发明的启迪作用。（《世界文学史》）

科学和民主的赞歌

儒勒·凡尔纳的书，也许不能算世界第一流的文学名著，但是，它们无疑有着独特的艺术魅力，100多年来，风靡了全世界。许多世界著名的科学家，包括伟大的物理学家爱因斯坦和星际航行技术的奠基者齐奥尔科夫斯基，都曾经生动地论述过，他们正是在儒勒·凡尔纳的小说的引导下，走上科学创造道路的。儒勒·凡尔纳的作品，是科学和艺术的水乳交融的结合，是生动地描绘先进的科学技术如何开拓新的世界的诗篇，又是科学和民主的赞歌。

儒勒·凡尔纳的作品为什么能够经过整整一个世纪仍然在地球的各个角落受到欢迎而历久不衰呢？

首先，在儒勒·凡尔纳的科学幻想和探险小说里，包含有丰富的、各种各样的科学知识，而这些知识又不是枯燥的、刻板的叙述，而是生动地和作品的情节交织在一起。在《海底两万里》中，作者不管是对于海底生物界的描绘，或者对于潜艇的构造与运动原理的叙述都是十分引人入胜的。知识在儒勒·凡尔纳的作品里已经不是外加的东西，而是情节的有血有肉的组成部分。

其次，儒勒·凡尔纳还在自己的作品里，塑造了栩栩如生的人物。《海底两万里》中的尼摩船长博学、冷静、沉着而机智，他不是书斋里的学者，他是在反抗殖民主义斗争烈火中成长起来的民族志士，在祖国沦为殖民地后，他带领少数志同道合的同志潜入海底，继续帮助被压迫民族的斗争。

这样，作者塑造了一个外表似乎是与世隔绝、"心如死灰"的隐士，实质上内心感情十分炽烈、时刻注视着世界政治风云的科学家的形象。

儒勒·凡尔纳的创作所反映的时代离我们已经有100年了，他所描述的科学也已经过时。拿潜艇来说，尼摩船长的诺第留斯号比起今天的核潜艇来，几乎是小孩的玩具。但是，科学上的过时，并没有使他的作品有所逊色。这点就足以说明，儒勒·凡尔纳的作品虽然包含了丰富的科学知识，但他并不是以科学知识取胜的，他的作品经久不衰的魅力在于作品中深刻的人民性，以及与科学知识结合在一起的民主主义精神。

当前，我国实现四个现代化的斗争急切需要科学，更需要民主，这点，在阅读儒勒·凡尔纳的作品中，是会获得教益的，它们至今仍然是我国新一代青少年读者的优秀精神食粮。（郑文光）

名家导读

儒勒·凡尔纳是我一生事业的总指导。

——潜水艇的发明者　西蒙·莱克

凡尔纳的长篇小说妙极了，我读的时候已经是成年人了，但它们仍然使我赞赏不已，在构思发人深省，情节引人入胜方面，他是一个了不起的大师。

——著名作家　列夫·托尔斯泰

凡尔纳启发了我的思想，使我按照一定的方向去幻想。像《海底两万里》这样的科学艺术珍品是不可能没有生命力的，只有那些浅薄的想象，公式化的拼凑，粗糙的艺术，幼稚的编造，赶时髦的创作才会瞬息即逝。

——苏联科学家　齐奥尔科夫斯基

青春感悟

漫旅"海底两万里"

对凡尔纳的喜爱由来已久，记得是从六七年前我上高中时开始的。

我读的第一本科学幻想小说便是儒勒·凡尔纳的《海底两万里》。拿到这本书后，我迫不及待地翻开了它，一行行认真地读起来。那是怎样兴奋

一生必读的文学精品

的一种感觉，我至今仍记忆犹新。那新奇的故事情节使我完全沉浸在凡尔纳笔下的丛林探险当中！法国海洋生物学家阿龙纳斯及其助手和捕鲸手，驾船追捕一条被断定为独角鲸的大怪物。不幸落水后，三人泅水到怪物脊背上，才发现它是一艘构造精巧的潜水船，船长尼摩请他们一起到海底旅行。他们从太平洋出发，途经印度洋、红海、地中海、大西洋、南北两极，在旅途中他们除了看到无数水生动物和海底奇观外，还发现尼摩船长不只以研究海洋为业，而且是个满怀国仇家恨，到处伸张正义的神秘勇士。作者独特的叙述手法，紧凑的故事情节，严谨的科学态度，渊博的地理知识和优美的语言，都深深吸引着我，实在让我爱不释手。

以后一有机会我就找凡尔纳的作品、读科幻。凡尔纳的作品反映出的精神激励着我，伴随我安然走过高考的岁月，我越来越感受到一种科学幻想的人文思想在头脑中根深蒂固起来，21 世纪的我们不能没有它。
（佚　名）

幻想的魅力

远古时代，我们祖先对未知的领域就充满了想象。望着辽阔的海洋，他们希望能潜游深海，走近海底龙宫；望着脚下的大地，他们希望有遁地之术，一探地宫。因此，就出现了嫦娥奔月、龙宫探宝等神话故事和传说。这让当时的人们对以后的生活充满了希望。

《海底两万里》这本书给以后实现"阿基米德"号潜艇深入万米深海探险的成功奠定了理论基础。就如同潜水艇发明者西蒙·莱克在他自传中第一句所说的那样："儒勒·凡尔纳是我一生事业的总指导。"这就是幻想的魅力给科学家和发明家的创作带来的启迪。

凡尔纳生前有人传说他有一个"写作公司"在帮他写作，不然，"一个人怎么能知识渊博到写出那么多作品"。这个传说引起了一位记者的兴趣，执意要揭开"写作公司"的秘密。凡尔纳把记者领进自己的工作室，微笑着指着好多柜子说："这就是你要找的'写作公司'。"记者好奇地打开了一个柜子，只见里面分门别类地放满了卡片，而卡片上密密麻麻地写着各种资料，仅这一个柜子就有卡片两万多张。记者惊服了。原来，凡尔纳写的作品都出自这些小卡片。凡尔纳写的虽然是科学幻想小说，但他从来不胡思乱想。他构思《海底两万里》之前，就查寻过两千年前俄罗斯亚历山大乘坐密封容器出没海底的记载，还翻阅过 18 世纪美国发明家富尔顿设想潜艇的草图。未来潜艇的浪漫幻想就是他在此基础上孕育出来的。

我们今天的科学事业需要创造、需要幻想，有了幻想才能打破传统的束缚，才能发展科学。幻想的魅力使我们在布满荆棘的光荣道路上披荆斩棘，勇往直前，不畏艰险，使我们所有的美好的幻想都得以实现。（佚　名）

思　考

爱因斯坦说过，人的想象力比知识更重要。阅读这部小说，人们往往会被作者丰富的想象力所吸引。《海底两万里》是一个纯虚构的科幻小说，你觉得这本书最吸引你的地方是什么？据你的了解，书中的哪些设想如今已经变成了现实，通过这些事例你能看出科幻小说与科技发展的某些关系吗？

安徒生童话

19 世纪是西方文学艺术发展的高峰时期，大师辈出，具有永恒价值的优秀作品不断涌现。这些大师、这些作品，至今仍在起到世界性的影响，给文学艺术创作提供了典范。儿童文学也不例外，它在 19 世纪取得了划时代的成就，这方面的一个杰出作家就是汉斯·克里斯蒂安·安徒生（1805~1875）。他的童话至今仍为全世界的儿童——也包括成年人——所喜爱。他的名字自然也是家喻户晓。凡是受过普通教育的中国人，无不知道这位丹麦大师的名字。

安徒生，19 世纪第一位赢得世界声誉的丹麦作家，也是世界上最负有盛名的童话作家之一。他一生用浪漫主义手法写过 168 篇童话，被译成 80 多种文字，受到世界各国儿童和成年读者的喜爱，他也因此被誉为童话大师，列于世界文学家之林。安徒生出生于丹麦菲英岛欧登塞城的一个穷鞋匠家庭，由于家境清贫，没受过正规教育，从少年时代就独自谋生。他热爱艺术，曾幻想当演员、剧作家，在舞台上表现人生。在一些热心的艺术家的资助下，他于1829年入哥本哈根大学学习，1831年去西欧旅行。他一生都从事于童话创作，终身未婚。他晚年因童话而获得世界声誉，被国家授予丹麦国旗勋章，亦被尊称为"丹麦的文化国父"。1875年，70岁的安徒生病死在哥本哈根的一个朋友家里。

在19世纪的文坛上，在百部文学名著的高峰中，要找到比安徒生写作更成熟、更精练的作家并不难，但是要找到比安徒生更具童心、更富诗意，同时为童话不遗余力，倾四十年光阴、年年为童话存酿的文学巨擘，恐怕很难。安徒生童话美丽又平易近人，好比是一条奔流的小溪，穿越名著百岳，汇入人类精神及浩瀚文明里。《安徒生童话》这本好书，这辈子你总要读过一次。

一样的安徒生，一样地感动着爸爸妈妈，一样地牵动着长大的兄弟姐妹。世界上恐怕没有一个作家能像安徒生一样被全世界的人所知道。如果以作品的精神意蕴来衡量，世界上恐怕也没有哪一个作家能像安徒生的童话一样在我们的精神世界里留下那么多美的、真的、善的理想与情操。无论从哪一个角度来说，安徒生都是属于全世界的、永恒的。时间已经证明了这一点。

读安徒生的童话，是一种莫大的精神享受，当我们陶醉于他那诗一样的语言，流连于他那曲折多变、充满浪漫神奇色彩的故事中时，从中得到的教益必将伴随我们的终生。

📖 阅读重点

安徒生花费四十年心血所精心编织的164篇童话故事，既充满了浪漫主义的幻想，也丝毫没有避讳人间现实的苦难。在质朴的文字中，蕴涵了作者对人生和社会的深刻洞察。

阅读安徒生的童话，读者不仅可以一览19世纪丰饶的人文景观，还可以见识到百年前淳朴旖旎的欧陆风光及世界各地的民俗风情。

📚 书海导航

【写作背景】　1835年，安徒生在创作了诗歌、小说、剧本，并受到社会承认之后，他认真地思考一个问题：谁最需要他写作呢？他感到最需要他写作的人莫过于丹麦的孩子，特别是穷苦的孩子。他们是多么寂寞，不但没有上学机会，没有玩具，甚至还没有朋友。他自己就曾经是这样一个孩子。为使这些孩子凄惨的生活有一点温暖，同时通过这些东西来教育他们，使他们热爱生活、热爱美和真理，安徒生决定要为他们写些美丽的作品，富有现实意义的作品。他觉得最能表达他的这个思想的文学形式就是童话了，他要写童话，要做一个童话作家。

安徒生从此成了一个具有特殊风格的童话作家。他过去的历程——艰苦的生活、学习、写作和旅行，在他看来完全是一种有意义的准备和练习，即为童话的创作垫下基础。从此童话成了他的主要创作活动。他花费40载光阴，为孩子撰写了164则童话，文体包括故事、散文、散文诗及儿童小说。行文简洁朴素，但充满丰富想象力与浓厚诗情及哲理，又能反映所处时代和社会生活，表达平凡人的感情与意愿。因此他的童话，表面上是"为孩子们讲的故事"，实际上却适合任何年龄层。

【内容精要】　安徒生把他用四十年心血所精心编织的164篇童话故事，用一个丹麦字"EVENTYR"加以概括。它的意义要比我们所理解的童话广泛得多。它不仅包括故事，还涉及以"浪漫主义幻想"手法所写的儿童散文、散文诗、小品、寓言和以"现实主义手法"所写的儿童小说。除了文体丰富外，安徒生著作中浓厚的文学性与艺术表现，亦如世纪交响乐般，展现出安徒生个人生命特质的宗教信念、爱国情怀、民族主义、人道关怀、创造精神、简朴生活等多种样貌，内容非常精彩。

由于安徒生的足迹遍及欧亚各国，因此走进安徒生的童话世界，不仅可以一览19世纪丰饶的人文景观，还可见识到百年前淳朴旖旎的欧陆风光及世界各地的民俗风情。随着年龄、阅历的增长，安徒生的作品渐渐展现其傲人的世界观。如《海蟒》、《邮差寄来的十二个旅客》、《一串珍珠》对于时代进步、人类创造寄予无限厚望；《影子》、《癞蛤蟆》、《永恒的友谊》乃安徒生旅居意大利、葡萄牙、希腊的侧写，个中锐利的生活观察令人叹为观止；《铜猪》交织着欧洲与东方各地的旅行印象；《冰姑娘》故事的舞台由阿尔卑斯山到日内瓦湖畔，使瑞士的风情人物跃然纸上；《沼泽王的女儿》更将埃及、北欧、非洲耀眼而独特的地域色彩形诸笔墨，如同作者走访世界的游记。

让孩子们学会认识现实，并以儿童的视角去表现现实，是安徒生所独具的特点。然而，现实中的阴暗面在安徒生童话中的表现，是与我们经常所见的那些批判现实主义作品的方式大不相同的。或许在安徒生看来，早一些认识现实的残酷和黑暗是必要的人生准备，但是，如果让天真的孩子们直接和赤裸裸的现实照面，他们稚弱的心灵势必受到莫大的伤害，最终的结果只能是适得其反。所以，如何以一种孩子们可以接受的方式来对孩子们进行现实教育，是安徒生所要解决的一个大问题。事实上，安徒生正是在这一点上表现出他的过人之处。他的《皇帝的新衣》、《夜莺》、《卖火柴的小女孩》等故事就是这方面的杰作。这些作品或用幽默、或用讽刺、或用抒情的笔法，让孩子们在引人入胜的情节或感人的氛围中对现实中不好的那一面有所领悟。

培养孩子们的纯洁情感和美好情操，更是安徒生童话的希冀所在。《海的女儿》把"人"看得那么高贵和庄严，她不惜牺牲自己的幸福，甚至自己的生命，去争取获得一个"人"的灵魂；《野天鹅》中的艾丽莎，冒着一切危险和困难，忍受着一切诽谤，以最大的毅力和坚忍的精神，使得她的哥哥们得救；"拇指姑娘"虽身材微小，但却具有一个伟大的灵魂，她追求光明，也终于获得光明，给别人也给自己创造出幸福。这些崇高的理想赋予安徒生的童话作品一种非凡的美，也使他成为一个非凡的人。

【地位影响】《安徒生童话》充分展现出丹麦原著里的浓厚诗情、丰富内涵、盎然生命以及如诗般可朗读的文字，读来可以使我们受益非凡。因为，安徒生带给我们的不只是童话，而是全人类有声无声的共鸣，我们称它为"不朽"！

《安徒生童话》它已获得世界各国读者倾心爱慕。如今在安徒生博物馆图书室里，仍收藏着百国以上的安徒生童话译本，非常壮观！安徒生童话有令人心动的幽默，也有鲜明的讽刺。篇篇故事，都是藏之于本族他乡的人间缩影，不到终篇，无法预知剧情与人事的发展，因此它可以跨越文化藩篱、超越年龄限制，堪称一部老少咸宜的"不朽传世经典"，值得每一个人细细品味。

只要人类还存在，只要人们都还珍惜美好的童年，安徒生的童话就将焕发永恒的美之光芒。

华文精选

他感到非常难为情。他把头藏到翅膀里面去，不知道怎么办才好。他感到太幸福了，但他一点也不骄傲，因为一颗自信、善良的心是永远不会骄傲的。他想起他曾经怎样被人迫害和讥笑过，而他现在却听到大家说他是美丽的鸟中最美丽的一只。紫丁香在他面前也都把枝条垂到水里去了。太阳照得很温暖、很愉快。他扇动翅膀，伸直细长的颈项，从内心里发出一个快乐的声音："当我还是一只丑小鸭的时候，我做梦也没有想到会有这么多的幸福！"（《丑小鸭》）

海水是那么蓝，那么清，又是那么的深。在大海的远处，海里最深的地方居住着海王和他的臣民们。他们拥有世界上最美丽的官殿。

海王有六个美丽的女儿，而她们之中，那个顶小的要算是最美丽的了。她的皮肤又光又嫩，像玫瑰的花瓣；她的眼睛是蔚蓝色的，像最深的海水。（《海的女儿》）

阅读指导

打开天外的世界

像我这样出生于 20 世纪 60 年代初的人，少年时代大都是在精神的荒芜和饥渴中度过的。或许正是这种苍白的经历，使我们格外珍惜曾经相遇的任何精神食粮。所以偶然读到安徒生的童话集，对我来说，意味着一次不寻常的精神事件。那是在一个小朋友家，她的父亲笑眯眯地拿出了一本已经被翻看得很破旧的《安徒生童话》，还嘱咐我们只能在家读，千万不要让外人看见。

这是我第一次读到安徒生童话，也是第一次读到童话故事。难以想象这次阅读带给我的震撼会有多大。虽然 10 多岁的年龄不可能对童话的本义理解很深，但它使我在 10 多岁的年纪上开始有了朦胧的感伤和忧郁，丑小鸭格外的不幸使我意识到，人生并非课本里说的平等友善，在爱穿新衣的皇帝和国民共同编造的骗局中，戳穿骗局的孩子多么勇敢啊！美人鱼无畏的牺牲，让我发现了爱情原来可以这样无私忘我，那个听不懂美人鱼用眼睛说话的王子多叫人生气啊！

安徒生的童话使一个 10 多岁的少年开始醒悟到：平凡的日常生活下面，还有更深层次的东西。这个东西更深沉、更丰富、更神秘、更富有魅力。后来，"文革"结束了，思想解放运动来了，读书和读童话都不用躲闪了，我也读到由其他人收集编写的童话故事。比较了安徒生的作品和其他童话作品的区别，看得出安徒生的故事特别之处，就是总有一个卑微的受难者主人公，他们往往不是落难的公主和王子，而是生来卑贱、相貌平凡、身世悲惨，但他们心地总是乐观光明，生活的种种磨难没有泯灭他们纯洁的灵魂，他们凭借着智慧、善良、勇敢、正直战胜了苦难，获得了成功。他的童话，既充满了浪漫主义的幻想，也丝毫没有避讳人间现实的苦难。在质朴、童真的文字中，蕴涵了他对人生和社会的深刻洞察。他给孩子，也给孩子的父母描述着生活应该是什么样子，而现在又是什么样子。在没有善的地方，他创造着善；在缺少美的时候，他发现了美。因此，他的童话故事远不像人们认为的那么简单。

　　在苏联作家巴乌斯托夫斯基的小说《夜行的驿车》中，评价安徒生童话的文字"善于为人们的幸福和自己的幸福去想象，而不是为了悲哀"。安徒生的童话为孩子们耕耘了一片萌发对生活、对善、对美的最初信念的土壤。他给孩子，也包括成人展现着人性的高贵、勇气、力量、善良、同情、牺牲等高贵的品格，展现出这样美好、充满梦幻和奇妙事物的世界，这个世界对于我们来说，虽然遥不可及，但我们的身边万万不能缺少这个世界，否则，生活就没有了氤氲的气息、没有了彩色的梦幻、没有了温柔的呓语，也没有了对远方的怀想，生活也就失去了最初的意义和应有的方向。就在安徒生的童话中，孩子们开始学习关怀、爱、怜悯、同情、纯真，感受大地、森林、海洋和一切美好的自然赋予的愉悦，学习品尝人间感情所蕴涵的欢乐、幸福、痛苦、烦恼等甘苦，这些童话对人的塑造和影响可能是终生的。在生活中，安徒生童话中的许多人物和哲理已是妇孺皆知的了。（余　青）

名家导读

　　当我打开《安徒生童话》，浅浅的胸海里就充满光辉。我向它走去，我渐渐透明。抛掉身后的影子，只有路，自由的路。

——著名诗人　顾　城

　　如果有人 5 岁了，还没有倾听过安徒生，那么他的童年少了一段温馨；

　　如果有人 15 岁了，还没有阅读过安徒生，那么他的少年少了一道银灿；

　　如果有人 25 岁了，还没有细味过安徒生，那么他的青年少了一片辉碧；

如果有人 35 岁了，还没有了解过安徒生，那么他的壮年少了一种丰饶；

如果有人 45 岁了，还没有思索过安徒生，那么他的中年少了一点沉郁；

如果有人 55 岁了，还没有复习过安徒生，那么他的晚年少了一份悠远。

——著名作家　张晓风

青春感悟

城堡里的童话

安徒生，这个贫穷鞋匠的孩子，幼年失学，经历过最底层的生活。可是，在他的笔下，我仍然读到美到极致的句子。这样的句子，纯净，清洁，透明，像梦中的城堡，在那里，一切都是美好的，即使是巫婆，都不会让人害怕……

安徒生是一位世界知名的儿童文学作家。童话是安徒生的主要创作。安徒生的童话立足于现实的生活，而在现实生活的基础上又充满了对人类美好未来的想象和愿望。他的童话赞美了人类的勤劳、勇敢、坚强的毅力、牺牲精神和克服困难的决心，如《野天鹅》中的艾丽莎、《拇指姑娘》中的拇指姑娘、《海的女儿》中的小人鱼。他也揭露了人间的贪婪、愚蠢、虚荣、骄傲，如《皇帝的新装》、《夜莺》等。安徒生的童话想象丰富、故事生动、语言活泼、诗意浓厚，是童话创作中现实主义和浪漫主义相结合的典范。所有在北欧出生、长大的人，都以安徒生为荣。安徒生的故事贴切地反映出真实的人生，同时也是一种道德上的指引，不论成人或孩童皆然。

安徒生童话中，语言的简洁有力为其魅力所在。《丑小鸭》的故事让我了解事情的结果比开端更重要；《海的女儿》中，我学会了人要知足。即便今日，无论你在何处，安徒生故事仍能带给我们生活上的启示，并且助于我们了解北欧人的人生观。安徒生的童话有很深刻的含义，这些故事并非来自他单纯的幻想，而是植根于现实的生活，每一篇都充满了生活气息。《丑小鸭》让每个自卑的孩子对未来充满希望；《皇帝的新装》则讽刺了统治者的专横愚昧……安徒生的童话丰富，情节生动，语言朴素，让我们一起来品味大师的杰作，领略那美妙的童话世界吧！（柳非烟）

思 考

可以说，从古到今，几乎没有第二个作家能像安徒生那样，把写作童话、营造一个属于孩子们自己的世界，当成一件高度严肃和认真的事情去做。安徒生也得到了丰厚的回报，不知有多少儿童可以对他的童话如数家珍。即使是成年人，当他们回想阅读安徒生童话的那些年代，也无不怀着美好而温馨的记忆。你最喜欢安徒生哪个童话故事呢？为什么？

契诃夫短篇小说选

欧洲的一位作家曾说过，世界上每一个优秀的短篇小说家的血管里都流淌着契诃夫的血液。可见，契诃夫的影响之深广。安东·巴甫洛维奇·契诃夫（1860～1904）出生在俄国，是具有世界声誉的短篇小说大师，与莫泊桑、欧·亨利并称为世界三大短篇小说之王。契诃夫童年生活困苦，父亲的杂货铺破产后，他靠当家庭教师读完中学，1879年入莫斯科大学学医，1884年毕业后开始行医，广泛接触社会，对他后来从事文学创作有良好影响。契诃夫从大学时代起为发表作品同各种不同倾向的报刊编辑接触，称自己"想做一个自由的艺术家"。1890年4月，为探索人生和深入了解社会，他不辞辛苦到政府放逐犯人的库页岛，访问了近万名囚徒和移民，同年12月回到莫斯科。这次八个月的远东之行，丰富了他的生活知识，他中断了同反动报刊的合作，认识到一个作家不应不问政治。不久后他完成长篇报告文学《库页岛》，据实揭露俄国专制统治的凶残。1890～1900年，曾出国到米兰、威尼斯、维也纳和巴黎等地疗养和游览。1892年在莫斯科省谢尔普霍夫县购置了梅里霍沃庄园，在那里住到1898年，后因身染严重的肺结核病迁居雅尔塔。在此期间，同托尔斯泰、高尔基、布宁、库普林，以及画家列维坦、导演斯坦尼斯拉夫斯基交往密切，结下深厚友谊。1900年获俄国科学院名誉院士称号。

受 19 世纪末俄国革命运动高涨的影响，契诃夫积极投身于各种社会活动，1898 年支持法国作家左拉为德雷福斯辩护的正义行为，1902 年为伸张正义愤然放弃自己俄国科学院名誉院士的称号，1903 年曾出资帮助为争取民主自由而受迫害的青年学生等，表明他的坚定的民主主义立场。

契诃夫第一次公开发表作品是在 1880 年。他的最后一个短篇小说《新娘》发表于 1903 年，他短短的一生为人类留下了宝贵的文学遗产。今天，他已被公认为俄罗斯历史上最出色的短篇小说家和杰出的戏剧作家。

契诃夫，19 世纪末俄国伟大的批判现实主义作家，是一位情趣隽永、文笔犀利的幽默讽刺大师、短篇小说巨匠和著名剧作家，他以卓越的讽刺幽默才华为世界文学人物画廊中增添了两个不朽的艺术形象，他的名言"简洁是天才的姊妹"也成为后世作家孜孜追求的座右铭。

2004 年为"契诃夫年"，契诃夫死时，正值创作旺年。他活着的时候，世人却多有忽视。100 年前，当契诃夫的死讯传到俄国，是列夫·托尔斯泰第一个表示，契诃夫不仅是一位伟大的俄国作家，也是世界上最伟大的作家之一。验证托翁的评价并不需要 100 年的时间。契诃夫很快跻身最伟大的俄国作家之列，与普希金、果戈理、陀思妥耶夫斯基以及托尔斯泰比肩而立。在戏剧方面，他更被公认为是"俄国的莎士比亚"。

尽管契诃夫只活了 44 个年头，却留下了丰富的文学遗产，列夫·托尔斯泰称其"创造了新的形式，因此我丝毫不假谦逊地、肯定地说，在技术方面契诃夫远比我高明……这是一个无与伦比的艺术家"。托马斯·曼认为："毫无疑问，契诃夫的艺术在欧洲文学中是属于最有力、最优秀的一类的。"时间是公正的评判员，契诃夫的小说经受了近百年的时间检验，它们依然闪耀着独特的艺术光彩。在我国，契诃夫也备受推崇，这位被誉为"俄罗斯语言的最后一位大师"的作品受到世界各国人民的喜爱。

阅读重点

契诃夫的小说短小精悍，简练朴素，结构紧凑，情节生动，笔调幽默，语言明快，富于音乐节奏感，寓意深刻。

作者在篇幅有限的短篇小说中揭示出人物的心理活动和性格发展，勾勒出他们的精神面貌的变化过程，给人以完美的艺术享受。

【写作背景】 契诃夫自 19 世纪 80 年代初步入文坛，一直坚持小说创作。其发展大致可分为三个阶段。

第一阶段，1880～1886 年，用笔名"东沙·契洪特"发表了大量短篇诙谐幽默故事。其中多数尚属肤浅之作，但也有一些针砭时弊之作，给人以较深的印象，如《一个官员之死》、《英国女子》、《变色龙》和《普里希别耶夫中士》等；19 世纪 80 年代中期发表的《哀伤》、《苦恼》和《万卡》等，用冷峻的笔触描写普通劳动者和穷人孩子难以诉说的苦难，表明作者的创作转向直面人生。

第二阶段，1886～1892 年，1886 年他首次署真名"安东·契诃夫"发表《好人》和《在途中》。小说体裁兼有中、短篇，题材广泛，主题多含严肃的社会性，从各个角度提出"这生活是怎样反常"的问题。如《仇敌》、《渴睡》、《草原》、《命名日》、《公爵夫人》、《哥萨克》、《灯光》、《没有意思的故事》、《在流放中》、《第六病房》等，都是他这个阶段的代表作。其中最后一篇，曾使列宁深受感动。

第三阶段，1892 年以后。作品大多达到内容和形式的完美统一，主题触及重大而迫切的社会问题，思想丰富深刻，艺术上叙事和抒情有机结合，别具一格。代表作《带阁楼的房子》和《我的一生》对当时流行的"小事论"、"渐进论"和托尔斯泰的"平民化"进行了否定性描写，认为需要有"更强大、更勇敢、更迅速的斗争方式"；《套中人》揭示了令人窒息的社会环境中保守势力的猖獗和虚弱，反映出"不能再这样生活下去"的新的社会情绪；《女人的王国》、《农民》、《出诊》和《在峡谷里》等篇，生动地揭示出资本主义迅速发展条件下俄国社会两极分化、极端不公、农民破产和富农的贪婪残酷等可怕景象；《新娘》的主人公甚至提出要"把生活翻一个身"，表达出奔赴新生活的强烈愿望。

【内容精要】 《契诃夫短篇小说选》选收了契诃夫的优秀短篇小说 17 篇，代表了作者各个不同时期的创作成就。其中《一个文官的死》、《变色龙》、《苦恼》等揭示了统治阶级的凶残、奴才们的卑劣和"小人物"的悲哀，充分显示了作者创作早期的才华。《第六病室》以病房为象征，把沙皇俄国比喻为一座暗无天日的大监狱，其野蛮、残忍和混乱令人惊心动魄。

《跳来跳去的女人》、《醋栗》、《约内奇》等刻画了自私自利蜷伏在个人"幸福"小天地中的病人的心灵空虚，指出生活的意义在于争取"更伟大更合理的东西"。《新娘》是契诃夫的最后一个短篇小说，女主人公已预感到新生活的逼近，她从家中走出，去迎接新生活的到来。这反映契诃夫在20世纪初对新生活的渴望。

契诃夫的小说短小精悍，简练朴素，结构紧凑，情节生动，笔调幽默，语言明快，富于音乐节奏感，寓意深刻。他善于从日常生活中发现具有典型意义的人和事，通过幽默可笑的情节进行艺术概括，塑造出完整的典型形象，以此来反映当时的俄国社会。其代表作《变色龙》、《套中人》等堪称俄国文学史上精湛而完美的艺术珍品。

描写最平凡事情的现实主义是契诃夫小说的重要特征。契诃夫的着眼点总是平凡的普通人的日常生活，但他不作自然主义的描绘，不陷入日常生活的"泥沼"。他对生活素材认真细致地进行"观察、选择"，而在创作过程中又进行"推测、组合"，使生活素材形象化和诗化，从平平常常的、似乎是偶然的现象中揭示出生活的本质。契诃夫截取平凡的生活片段，凭借精巧的艺术细节对生活和人物做真实的描绘和刻画，从中展现重要的社会现象。

在篇幅有限的短篇小说中揭示出人物的心理活动和性格发展，勾勒出他们精神面貌的变化过程，给人以完美的艺术享受，这种独树一帜的心理刻画是契诃夫小说的一大艺术特色。真挚深沉的抒情性是契诃夫小说的又一特色。作家不仅真实地反映社会生活和情绪，描写人物的觉醒或堕落，而且巧妙地流露他对觉醒者的同情和赞扬，对堕落者的厌恶和否定，对美好未来的向往，对丑恶现象的抨击。列夫·托尔斯泰感到了契诃夫小说中的抒情意味，他称"契诃夫是用散文写作的普希金"。

夸张、漫画化是契诃夫小说取得幽默讽刺效果的主要艺术手段。夸张包括言语夸张、情节夸张；漫画化则通过肖像描写、道具配置、典型场景和特色言行来实现。契诃夫有很强的幽默感，这种天赋的幽默感只有在同生活现象碰撞并展示其本质时才能够产生具有审美价值的笑。列夫·托尔斯泰很喜欢短篇小说《跳来跳去的女人》。据说，他在读这个作品时，"笑得很厉害，并且赞美说：'多么细腻的幽默！'"。

契诃夫的小说紧凑、简练、言简意赅，"内容比文字多得多"。契诃夫本人也说，"我善于长事短叙。"他认为："越是严密，越是紧凑，就越富有表现力，就越鲜明。"为求作品能严密和紧凑，他主张"用刀子把一切多余的东西都剔掉"。他说："要知道，在大理石上刻出人脸来，无非是把这块石头上不是人脸的地方都剔除罢了。"他的另一个重要见解是："在短小的短篇小说里，留有余地比说过头为好，小说里所欠缺的主观成分读者自己会加进去的。"契诃夫在写作实践中认真贯彻了这些主张，因而他的中、短篇小说总是紧凑和简练的，而形象又总是鲜明的。读他的作品，读者总有独立思考的余地，总会感到回味无穷。

【地位影响】无论是作为一个作家，还是作为一个历史人物，契诃夫的成长和发展道路都具有深刻的教育意义，他的作品的社会艺术价值是永远不可磨灭的。

英国的《每日电讯报》和《卫报》分别刊出访谈和评论，不约而同以"我们为何仍然深爱契诃夫"作为主题，指出即使在他死后百年的今天，他的作品仍然深具现实意义。俄罗斯《文学报》也刊文称："尽管契诃夫死后这100年，拉开了我们与这位心爱作家的距离，但是，它也加深、净化和阐明了关于他生平和著作的许多问题。"契诃夫的全部创作表明，他是一个独特的艺术家，他的中短篇小说经受住了时间的检验，成为世界文库中的无上瑰宝和珍贵遗产。

华文精选

金钱并不就是幸福，一个人即使贫穷也能幸福。(《海鸥》)

智慧在人和动物之间划了一条明显的线，暗示了人类的神圣性，而且在一定程度上代替了实际上并不存在的不朽。(《第六病室》)

只有受过教育的、诚心诚意的人才是有趣味的人，也只有他们才是社会所需要的。这样的人越多，天国来到人间的速度也就越快。(《新娘》)

阅读指导

永远的契诃夫

2004年7月15日是契诃夫逝世100周年纪念日。在这位伟大的作家身后百年回头来看，其在俄国文学史中的地位是毋庸置疑的。当年曾经批评他、鄙视他的一些作家和评论家的名字早已如过眼云烟散尽，而契诃夫的名字却深深地刻在百年间每一个读过他作品的人的心里。在小说创作方面，他以自己的中、短篇小说与列夫·托尔斯泰齐名；在戏剧创作方面，有资料显示，除了莎士比亚，契诃夫是作品在全世界上演次数最多的戏剧家。2004年被联合国教科文组织命名为"契诃夫年"，不知契诃夫是否是世界上第一个获此殊荣的作家。

对于中国的俄罗斯文学研究者来说，契诃夫的意义不亚于果戈理、列夫·托尔斯泰和陀思妥耶夫斯基，但对于广大中国读者而言，契诃夫有如此之影响仍然出乎我的意料。因为，坦率说来，中国对契诃夫的译介和研究还远远不够。广大中国读者耳熟能详的，不过是《万卡》、《套中人》、《变色龙》、《一个小公务员之死》等几个短篇，除《套中人》外，其余都属于早期作品。有评论家认为，伟大的契诃夫是自《草原》之后的契诃夫。俄国研究者通常将契诃夫的创作分成三个阶段，即《草原》之前的阶段，作品基本上属于轻松、幽默型，也多发表于讽刺幽默类杂志，此时的契诃夫被认为是"写一些快活的故事的快乐的作者"；第二阶段自《草原》开始，尤其是在《第六病室》、《决斗》、《带阁楼的房子》、《我的一生》等作品中，那个无忧无虑、快乐机智、不久前还以自己的幽默和笑话笑对人生的契诃夫，仿佛突然间在洞察了生活的真谛之后，变成了一个悲观主义者，作品中不时流露出阴郁、忧伤的情绪；第三阶段则是指契诃夫晚期的小说和戏剧创作，这一时期，作品中充满对真善美的追求和希望，在时而优美、时而犀利、富有诗意的忧郁基调里，是对现实的浓重的哀伤和对未来的希望："遗憾的是，在那个美好的时代，你我都无缘驻足。"

然而细忖，我们真的有理由凭这几个短篇就爱上契诃夫。其实，契诃夫从一开始就绝非一个简单的讽刺幽默作家，在他可笑、滑稽的情节背后，人们总能捕捉到某种深意，是对人性的弱点的揭露和抨击，对生活中的虚伪和愚昧无情的谴责。如高尔基所言，"他擅长随时随地发现鄙俗之事并将其鲜明地反映出来，只有对生活有高要求的人才能做到这一点，因为他热切地盼望看到人是朴实的、美丽的、和谐的。"所谓爱之深，恨之切。这是一个怀着仁爱之心的人哀其不幸、怒其不争的讽刺，是一个对生活有着深刻的了解、睿智、敏感之人博大的同情。小万卡那封寄往"天堂爷爷收"的信；由于一个喷嚏溅到长官竟郁郁而终的小公务员；由于一条狗而尽显奴颜婢膝本色的"变色龙"奥楚蔑洛夫，用各种规矩牢牢套住自己也去限制别人的"套中人"……这些形象即使在100年后的今天仍然能在全世界找到"对号入座"的人，这就是契诃夫作品"最可怕的力量"（高尔基语），因为他写的是真情实事，绝非杜撰。

普希金称果戈理为"快乐的忧郁者"，这一精当的定义也完全适用于契诃夫。他中后期作品中的忧郁和悲剧性中也时时透着幽默。在他优秀的作品中，正是幽默和讽刺使悲剧性更加强烈而突出，让人笑过之后想哭，流着眼泪想笑。这种讽刺与幽默源自早期的幽默小说，贯穿契诃夫创作的始终。而契诃夫作品最大的悲剧性，也是令不分国籍、不分种族的人最受触动之处，就是他不露声色地暴露给我们看我们自己精神的平庸和野蛮。在契诃夫看来，人类已经站在万丈深渊的边缘，他看不到出路也不知道，是否文化必须要经受文明这头野兽可怕的进攻。我们在契诃夫身上也看到了俄国知识分子所特有的忧患意识，在他冷静客观的叙述和轻盈机智的笔触下，看到了更加深刻的忧郁。

契诃夫辞世整整100年了，在他仅仅44年的生命中给我们留下了那么多的精神财富。他的作品中所反映出来的，无论是人性的弱点还是人性的光辉，都因为是为"人"所有，而在人间永垂不朽。（黄　玫）

名家导读

一想到契诃夫，勇气马上就来了，生活也马上变成明确而富有意义了。这样的人是世界的"轴"……他憎恨一切庸俗、肮脏的东西，他用一种诗人的崇高的语言和幽默家的温和的微笑来描写了人生的丑恶，很少有人在他那些短篇小说的美丽的外衣下面，看出那个严厉斥责的含意来。……在他以前就没有一个人能够把人们生活的那幅可耻、可厌的图画，照它在小市民日常生活的毫无生气的混乱中间出现的那个样子，极其真实地描绘给人们看。

——高尔基

契诃夫是曾经存在过的最伟大的短篇小说作家。契诃夫的小说现在就和它们第一次出现时一样令人惊奇，而且和那时一样必不可少，这不是因为他写的小说数量惊人，而是他创作出的杰作的比率让人敬畏，这些短篇小说宽恕我们的生活，也让我们快乐，并且深深地打动我们，毫无遮掩地建立在我们自己的情感上，这，只有真正的艺术家才能做到。

——美国小说家　雷蒙德·卡弗

作为虚构文学的读者，我们总是寻找线索和预兆……在生命中哪里去寻找更多的勤勉？什么不用俯瞰？什么是这些人类的灾难，这些欢乐和喜悦的根源？我们如何能生活得离后来者更近，远离过去？对于我们这样的探索者，契诃夫是一个领路人、一个向导。

——美国作家　理查·福特

在世界古典文学中，契诃夫是中国人民和中国作家最喜爱的作家之一。他的伟大的名字很早就已经为我国人民所知道。

——茅　盾

我第一次稍微有点儿系统地读契诃夫，是在"文化大革命"的后期……在这样极为特殊的氛围中读契诃夫，契诃夫仿佛变成了在那种艰辛黑暗年代里经过曲折和困苦方得以相见的难得的朋友，便印象深刻而且多了一份难以言说的感情……并不是所有的书，都是可以留下来的，并不是所有的作家，可以供几代人读的。但契诃夫是可以流传下来，可以供几代人读的。

——著名作家　肖复兴

青春感悟

百年短篇小说天才

虽然他的戏剧也极为出色，但契诃夫确实是短篇小说天才。

他的作品经受了时间和读者的考验，他最出色的小说中揭示出的人性和世界的本质，迄今仍在回响。契诃夫也许称得上是第一位现代小说家：他拒绝明确表达观点，而是客观地呈现对人类的荒诞、混乱、奇异、悲喜剧交加的生活处境的深刻洞察。

契诃夫是个彻头彻尾的俄罗斯人，但是他所探究的却超越了国界。

契诃夫的作品看上去简单，其实掩藏了一些极为深刻的技巧，他的看似朴实和不加判断的描写是很难被超越的。毕竟，对于写作，朴实是最难达到的一点。俄罗斯伟大的文学传统中蕴涵着这些东西，从果戈理开始到契诃夫，再从契诃夫到巴别尔，这样的朴实性影响了世界其他的作家，在海明威那里得到了进一步发展，而后是塞林格，他已经使短篇小说成为一个个完美无缺的绝世精品。

契诃夫在其作品里不仅抛弃了传统结构，还颠覆了故事应该如何开始和结束的观念，以及人物怎样才能吸引读者的理论。只有像弗吉尼亚·伍尔芙和凯瑟琳·曼斯菲尔德那样机敏的读者，才能在当时立刻就认识到契诃夫的伟大。

"契诃夫并不英勇，"伍尔芙在1918年写道，"他明白现代生活充满了无可名状的忧郁，充满了尴尬，也充满了可疑的关系，正是它招致了滑稽然而痛苦的情感，这是一种非常普遍的生存处境。"

契诃夫令人惊异的概括性、不确定性，以及对于荒谬的敏锐判断，为他在索姆塞特·毛姆、田纳西·威廉斯、弗兰尼·奥康纳、约翰·契弗和尤多拉·威尔蒂这些现代大家之间赢得了众多追随者。

比起契诃夫最著名的那些小说，如《套中人》，我更喜欢他的《约内奇》、《在朋友家中》等作品，契诃夫深邃的目光隐藏在他含而不露的语言后面，描绘出那些被庸碌的看似普通而正常的生活所折磨的人的挣扎。100年后，当你读到这些小说的时候，你不禁会感到100年前死去的这个人与你的心灵是相通的。（蜀　黍）

感受契诃夫的心

契诃夫以毕生的创作，把短篇小说这一文学样式提升到了经典的位置。从《万卡》、《小公务员之死》、《变色龙》、《套中人》等短篇小说中，我们瞥见了一个烟波浩渺的世界。契诃夫一生都没有放弃自己医生的职业，他以"业余文学家"的身份进行着创作，他以职业医生的敏锐透视生活，他的作品被称为"生活的切片"，他在"几乎无事"的普通生活中发现了巨大的历史脉络和深刻的生活感受。高尔基说："契诃夫用小小的短篇小说进行着巨大的事业。"

契诃夫的小说几乎触及了当时俄国社会的各个阶层，在他的作品中，我们不仅看到了凡俗生活隐藏下的悲剧，也看到了含泪的微笑之下的希望；不仅看到了极具质感的细微情节和情节之下的生活真相，也看到了真相之下埋藏的雄阔的历史轨迹和现实走向。正如评论家所说，契诃夫以自己的全部创作，肯定了一切平凡和普通的人、一切劳动者和创造者所应有的享受幸福的权利。

在他的作品中，不是没有讽刺和鞭挞，不是没有批评和否定；俄罗斯诗人霍达谢维奇说："起初他把他们表现为庸人，后来把他们表现为平常的人，对他们表示怜悯，再后来开始在他们身上寻找优点，最终对他们怀抱起巨大的爱。"契诃夫以巨大的爱的胸怀在包容理解着自己笔下的人物，他准确仔细地描绘着他们，同时在抒情诗的高度为他们的存在做了辩护。

契诃夫怀着深厚的情感珍惜着自己笔下的人物，他对人类的生活寄予了这样的理想："人的一切都应该是美丽的：无论是面孔，还是衣裳，还是心灵，还是思想。"

俄国作家米哈尔科夫洞悉到契诃夫作品中的人物和契诃夫自己的关系："契诃夫的惊人天才在于，当他讲自己的时候，我们仿佛觉得这也是在说我们。他对自己笔下的人物有时很严厉，但从不把他写的人物和他自己分开。他能在每一个人身上发现他自己。"我们从契诃夫的作品中，似乎也感受到了鲁迅先生《一件小事》中的那种反观自我的自省和自剖。（仲　言）

思　考

契诃夫的代表作《变色龙》、《套中人》堪称俄国文学史上精湛而完美的艺术珍品。前者成为见风使舵、善于变相、投机钻营者的代名词；后者成为因循守旧、畏首畏尾、害怕变革者的符号象征。契诃夫以卓越的讽刺幽默才华为世界文学人物画廊中增添了两个不朽的艺术形象。读完本书，你对这两个人物形象是如何理解的呢？

论　语

在2500年前的一个遥远的朝代，夏商周的文化沃土孕育了集上古三代文化之大成者，一位垂宪万世的至圣先师——孔子。孔子（前551～前479），名丘，字仲尼，鲁国人，中国春秋末期伟大的思想家和教育家，儒家学派的创始人，他是中国传统文化最杰出的导师和代表。由他开创的儒家学派的思想成为中华民族传统文化的主干，对中华民族价值体系的形成以及发展有着极其重大、极其深刻的作用和影响。

两千多年来，孔子创立的儒家学派一直是统治中国封建社会的正统思想。孔子对自己学而不厌，对别人诲人不倦的发奋求知精神是激励国人奋发的楷模。孔子献身教育的精神，弟子三千，群贤毕至的教育成果和一整套的教育理论对中华民族教育的形成、发展起到了不可估量的作用。

公元 1988 年，诺贝尔奖获得者齐聚西方文化名城巴黎，发表了著名的巴黎宣言。在宣言中，这些当代科学、医学和文学的顶尖级巨匠们以不容置疑的语言向全世界宣告："人类要在 21 世纪生存下去，必须回首 2500 年前，从孔子那里寻找智慧。"

西方的学者们一直将孔子、耶稣、释迦牟尼并称为"世界三圣"，以赞扬孔子集古圣先贤之大成，对中华民族文化的形成和对世界文化思想教育所产生的巨大影响而树立的丰碑。作为世界十大文化名人之一，孔子既属于中国，又属于世界，他的思想既是历史的，又是世界的。

自公元前 140 年，董仲舒向汉武帝建议"罢黜百家，独尊儒术"后，儒家思想成为历朝历代的统治者的正统思想，儒家文化则成为中华民族精神的重要源泉。作为儒家创始人的孔子，在今天已被公认为世界十大文化名人之一，他是影响中国礼乐文化、政治文化、制度文化等最深远的思想家、哲学家、教育家。他的思想是中华民族礼乐文化的重要根据、价值观念的判断标准、伦理道德的规范依据，构成了中华民族文化的基本精神价值尺度。

孔子的思想主要体现在《论语》一书中，这本被称为"中国人的圣经"的佳作，直到近代新文化运动之前，一直是中国人的国学必读书。据《宋史·赵普传》记载，宋初宰相赵普读书不多，只读了一部《论语》，但因其读得深透，学以致用，政绩颇显。他曾对宋太宗赵光义说："臣有《论语》一部，以半部佐太祖定天下，以半部佐陛下致太平。"后人津津乐道的"半部《论语》治天下"的典故就源自于此。

《论语》是一部被中国人读了几千年的教科书，包含了中国古代的政治思想与治国之道，是我们了解中国古代社会的一把钥匙。由于历代思想家对《论语》进行了无数的阐释和发挥，使其具有丰富的文化内涵。由人民文学出版社出版的《论语通译》无论从内容还是形式上都比较适合中学生阅读，读着它，你会恍然以为自己正置身孔子弟子之中，聆听孔子的教诲，并不会感到太多的时空和语言的隔膜。

《论语》囊括了孔子思想的精华，反映了孔子的天命观、道德观、政治观、教育观，被儒家学者奉为圭臬，其影响绵延了数千年。

书海导航

【写作背景】公元前479年，孔子去世，享年72岁。他的弟子辑录其言论，编成《论语》一书，保留了孔子生平思想学说的重要材料，尤其是教育思想和教学活动的重要材料。

作为儒家经典，《论语》自问世以来，便被儒者奉为圭臬，其影响绵延了数千年。《论语》不仅是我国一份十分重要的文化遗产，也是中国历史上最早的一部教育书。它共分20篇，却只有数千言。然而正是这数千言，囊括了孔子思想的精华，反映了孔子的天命观、道德观、政治观、教育观，处处体现了孔子通彻人生的大智慧，可谓是言简而意深远。

【内容精要】《论语》是我国散文最初的一种形态，多以三言两语为章，其大量文句逐渐演变成了格言和典故，还有许多精彩的语言经过长期的凝练或沿用已成为今天常见的成语，如三思而行、过犹不及、见贤思齐等，广为人们所熟知，至今仍然保持着长盛不衰的生命力。

《论语》集中体现了孔子在政治、伦理、哲学、教育等方面的思想，是儒家最重要的经典著作之一。其思想内容主要包括以下几个方面：

一、治国之道。如《论语·学而》中说："道千乘之国，敬事而信，节用而爱人，使民以时。"这就是说为政者应敬业而守信，节约用度而爱护人民，在农闲时合理使用人力，不耽误农时。又如："道之以政，齐之以刑，民免而无耻；道之以德，齐之以礼，有耻且格。"这是指如果用法律去强制百姓，虽然可以在一定程度上避免他们犯罪，但是治标不治本，远不如使百姓具有羞耻之心，从而自觉遵守社会道德。孔子认为德育的主要内容是仁和礼，因此他主张"为政以德"。

二、文化教育。孔子在《论语》中提纲挈领地指出文化的重要作用："夷狄之有君，不如诸夏之亡也。"此语意为如果一个没有文化基础的民族建立的国家，就算它曾一度兴盛，灭亡后也没有根基可供它再度崛起，反不如虽暂时无国而文化永存的民族，还有机会可东山再起。孔子的"有教无类"、"学而不厌，诲人不倦"等观点点出了教育应注意普及，为师者自应充实自己并用爱心去孜孜不倦地教导学生。此外，孔子还非常重视文学的政治和教化作用。如"诗可以兴，可以观，可以群，可以怨，迩之事父，远之事君，多识于鸟兽草木之名"，这可算是我国最早的文学评论了，它对后代文学尤其是诗歌的发展和文学批评都有很大影响。

三、学习态度和方法。如孔子说："知之为知之，不知为不知，是知也。"此意为学习应脚踏实地，不应有半点虚假，否则就算瞒尽天下人也瞒不了自心。"知之者不如好知者，好之者不如乐之者。"指出了兴趣对学习的重要作用，而"学而不思则罔，思而不学则殆"则说明了学思双行的重要性。

四、个人修养。如孔子说："不患无位，患所以立。不患莫己知，求可为知也。"这是指应多完善自己，如若不为人所知，就要多在自己身上找找原因，而不要怨天尤人。

上述四点不过是《论语》之一斑，而通过这些内容我们可以看到孔子思想的闪光点，领略到孔子的大智慧。

【地位影响】东汉时期，《论语》被列为"七经"之一。南宋朱熹把它和《大学》、《中庸》、《孟子》合为"四书"。朱注四书，后来历代朝廷都定为官书，是科举考试的标准教材，所以流传极广，影响也最大。到了明清两朝，规定科举考试中八股文的题目必须从四书中选取，而且要"代圣人立言"。这一来，当时的读书人都要把《论语》奉为"圣典"，背得滚瓜烂熟。

孔子的思想对中国封建社会的哲学、文学、艺术、教育等产生了巨大的影响，作为中国传统文化的杰出代表，这种影响波及全世界。

华文精选

子曰："弟子入则孝，出则悌，谨而言，泛众爱，而亲仁。行有余力，则以学文。"

《论语·学而》

子曰："饭疏食饮水，曲肱而枕之，乐亦在其中矣。不义而富且贵，于我如浮云。"

《论语·述而》

从教《论语》说到读《论语》

自古以来,《论语》在中国是人所皆知的一部经典。中国古代并无所谓"哲学",大家只知道《论语》是记载儒家圣人孔子的为人行事以及思想的一本书。以前《论语》是人人必读之书,今天时移世易,就是连大学研究院里的学生也不一定会认真地把《论语》从头到尾看过一遍。此中可观世变。

学生不爱读《论语》,甚至闻之色变,其中一个原因好像是他们觉得《论语》是一本枯燥乏味的书,虽然不至于要扔进茅厕里,但是毕竟此书与我何干。《论语》对有些读者来说,也许的确是枯燥乏味,但是,枯燥与否,其前提应该是读者必须先把书读过,才能凭自己的阅读经验做出判断。现在,我们的大学生,甚至研究生,大都相信耳食之言,人云亦云,实在令人生忧。

现代人读《论语》,往往喜欢参考现代译本,我个人认为这是一大错。理由很多,不过其中一个很明显的理由就是,要认识一个人,最好是自己亲自跟他本人交谈沟通。因此,要认识孔子其人,最好还是直接跟他交谈,或者退一步,请教他的门人。道听途说往往并不可靠,而且很可能只是问道于盲。

直接阅读《论语》,亲自认识孔子,我们一生只有一次这样的宝贵机会。如果我们一开始读《论语》就找来什么权威指导,那么,不管我们所依赖的中介可靠与否,我们"觌面"孔子的机会就会因此而付诸流水了。权威的意见往往剥夺了我们直接聆听孔子说话的机会。如果我们误信耳食之言,那更是得不偿失。换言之,要认识孔子,最好还是自己去读《论语》。要读《论语》,最好就是看《论语》原文。

到底《论语》应该怎么读法?我们不妨看看朱熹的一些意见,毕竟他在《论语》一书上所花的工夫远比我们多得多,深得多,认真得多。首先,朱熹认为在群书之中,《论语》最为重要。他说:"读其他书不如读《论语》最要,盖其中无所不有。"换句话说,《论语》是一部人生的百科全书。至于读法,朱熹说:"看此一章便须反复读诵,逐句逐节互相发明,如此三二十过而不晓其义者,吾不信也。"我们不必迷信朱熹的说法,自己拿出《论语》来，依从朱夫子的建议，试试读看。我不怕朱夫子会误导我们，只怕我们欠缺他要求我们读书时起码的耐性和认真。朱子上面的建议是在阅读技巧的层次上说的。要了解《论语》中的义理，他认为为学的关键在于"识得道理去做人"。故此，读书"须于日用间令所谓义了然明白。"所谓"日用间"指的即是我们平日的行为处事和待人接物。朱子所讲的这个义，不是空言，而必须在日用间、诸事中去实践。

《论语》虽然篇幅有限，但是，在今天繁忙的现代化时代，也许很多人都会嫌它辞繁不简，过于冗长。针对这一点，朱熹叫我们不必过分担忧，他说："今读《论语》且先熟读《学而》一篇，若明得一篇，其余自然易晓。"可见读书与否，完全是一己立志的事，跟书本的篇幅并无关系。（劳悦强）

爱读《论语》

生活在这个浮躁纷杂的社会里，整日为生计而奔波，真正能偷点闲空读点书，也不愧为人生之一大幸事。细细算来，十几年来，林林总总也读过十几本"大部头"，但也许是偏爱读史、诗和散文的缘故，自己最放不下手的就算是《论语》了。

自上高中至今十几年，我竟读过四种版本的《论语》。

最初见到的《论语》是上高中时同窗好友送我的半部《论语》，这半部《论语》是"文化大革命"的产物，确切地说是一部批林批孔的教材。同学说，这半部《论语》之所以只剩后半部，是因为他奶奶撕掉前半部用来点了炉子。这半部《论语》的特殊之处，是在每一章节后面都附有一段批判性的文字。这些批判性的文字把这部儒家的经典之作批得一无是处，孔老夫子也因这部书而成了千古罪人，现在看来确实有些滑稽可笑。

这半部《论语》，虽然只有后半部，但我觉得它于我的分量比送我一本精装的《中华大词典》还要重得多。记得当时我还用厚纸板专门为这半部《论语》设计了封面。在古铜色略显灰暗的底色上，是仿汉代的"孔子行教图"。在新加的扉页上，我还写下了这样的戏语："古人云'半部论语治天下'，今得半部论语，可得天下矣！"就是从这半部《论语》起，我最初认识了两千年前周游列国推行他的治国安邦之道的孔子，认识了他的被后人称之为"儒家"的学说，也略见了他生活的那个被史家称之为"春秋"的时代。可惜高中毕业后，那半部《论语》不知怎么丢失了，现在想起来还觉得十分遗憾。

第二部《论语》是中国古籍出版社出版的宋代理学大家朱熹的《论语集注》。集注中朱氏广征博采，得历代儒家《论语》注解之精要，然又独辟新径，另有所论，独成一家，洋洋洒洒几万言，可谓宋代以前儒家关于《论语》注解的集大成者。但注中，朱氏那种言必称"圣人"和视《论语》句句神圣、字字神圣的"圣人气"，的确让千年以后的我们透不过气来。不过他为这部注的确做到了他自己所说的"毕力钻研，死而后已"。经史学家周予同先生在谈到朱氏的这部集注时，说："名物度数之间，虽有疏忽之处，不免后人讥议；然当微言大义之际，托经学以言哲学，实自有其宋学之主观立场。"我对朱氏集注的总体印象是：人气不足，圣气有余。

第三部《论语》是三年前在莱芜地摊上买的一本盗版书。说它盗版，是因为书中有些生僻字没有印出，而是代之以方格。此外，其注释也是阴差阳错，漏洞百出。我是最讨厌看盗版书的，故这本书从买后就没怎么看，以致后来不知去向了。

第四部《论语》是去年冬天从新华书店买的上海书店出版社出版的《论语译注》。这部书是我见到的最精致的一本。其封面装帧考究，印刷清晰，版式排列整齐；其注释及译文博采众长，严于推敲，深入浅出，通俗易懂。既得儒学之精髓，棱角分明，自成一家，又不拟于古论，闪耀着时代的光辉。

试想，在冬日的落日余晖中，坐在对窗的一方书桌前，守着一杯清茶，手捧一部《论语》，逐字逐句品之，那是多么惬意啊！

在品评回味中，你的思维已不自觉地融入孔子这位春秋哲人的智慧；在思想的畅游中，你还可明辨出古代先儒那种视"圣人"为"非人"的愚昧和今人视"圣人"为人的睿智来。

一言以蔽之，读《论语》，清心、明智、修德。（李层实）

名家导读

读《论语》，有读了全然无事者；有读了后其中得一两句喜者；有读了后知好之者；有读了后直有不知手之舞之足之蹈之者。颐自十七八读《论语》，当时已晓文义。读之愈久，但觉意味深长。

——北宋理学家 程 颐

一生必读的文学精品

至于孔子学说与《论语》这本书的价值，无论在任何时代、任何地区，对它的原文本意，只要不故加曲解，始终具有不可毁的不朽价值，后起之秀，如笃学之，慎思之，明辨之，融会有得而见之于行事之间，必可得到自证。

——国学大师　南怀瑾

作为一个中国人要了解中国文化、中国伦理道德的根源，必须阅读《论语》这一本书。我年轻时没有读过，后来读了才知道中国是怎么回事。孔子的"仁"学以及对教育的理论，都是全人类的瑰宝。《论语》字句精当，也可当做文学书籍来读。

——当代作家　李　准

《论语》一书，似浅实深。该书以语录体的形式，汇聚了孔子关于政治、文化、历史、人生、哲学、宗教等问题的观点。其中对于"礼"、"德"、"仁"、"孝"的论点，后来成为两千年中国政治伦理与社会伦理的基石。《论语》使人惊讶的，不仅是孔子所追求的仁善人格的崇高性，还有其中所阐述的价值观念的超越时代性。

——著名学者　何　新

我们在现代化的建设中必须重铸我们的民族精神，而铸造民族精神，不能离开中华民族的传统文化。在几千年的中国历史上，没有哪一位思想家、文学家不受《论语》这本书的影响。不把这本书读懂、读通、读透，就不能深刻理解和把握中国几千年的传统文化。

——当代作家　叶　朗

青春感悟

我在《论语》中找到了学习乐趣

一个偶然的机会，我妈妈发现少年先锋学校有一个国学馆，就带我到那个国学馆去跟申老师学《论语》。去以前，我还真纳闷：作业这么多，怎么还去学"课外书"？

我从来不知道《论语》中有这么多"美境"。那些境界都太神奇了，如子曰："诵《诗》三百，授之以政，不达。使于四方，不能专对。虽多，亦奚以为？"这一章，申老师为我讲解说："孔子教学生，重行。学得不多，没关系，只要会用就行，比学得多而不用不行要好。当然，学得多用得多，那就更好了。"申老师的讲解使我懂得：对于每一章《论语》，我不仅要会背，更重要的是去理解它，在实际生活中应用它，得到启发，从中受益。

现在，有时我学习累了，就会读一读《论语》，放松一下。就好像是在和它聊天、谈心。它真的成了我的挚友。我觉得，它给予我的是精神上的财富。这比那些物质上很富有的人，价值就高多了。我现在对孔子佩服得五体投地，真难以相信世界上还有如此伟大的人物！他现在活着该多好，到全国各地给父母孩子们讲一讲，真比他们整天听的、整天找的"教育"要好上千倍。我要继续学下去，这是我们中国的宝藏，可不能丢弃。希望大家都来学习《论语》，和它做好朋友吧！（毛明鉴）

中国传统文化的杰出代表

对于孔子，说实话我真的对他没什么好感，了解不多，但也知道一些什么"万般皆下品，唯有读书高"。所以对于孔子的书，我一向敬而远之。不过，最近老师借给我一本《论语》，怀着一种要找孔子"罪证"的心情我打开了第一页。

看了第一篇《学而》，我深深感觉到一个字的重要——"信"。

小到交朋友。曾子曰："与朋友交而不信乎？"子夏曰："与朋友交而有信。"是啊，一个人的信用是多么重要，说起自己真是惭愧。我和一个好朋友以前总是约好一起上学，但我总是迟到。后来有一次，我也想准时一点，谁想我朋友却迟到了，她说："今天我多吃了一碗面，想你总是迟到，应该不要紧。"我想这是我总是失信于人的结果。

大到治理国家。孔子认为"道千乘之国"的首要条件就是"敬事而言"。这使我想起了战国时期秦国的商鞅在秦孝公的支持下进行变法，为了树立威信，推进改革，他下令在都城南门外立一根十米的木头，并当众许下诺言：谁能把这木头推到北门，赏十金。围观的人想："这么容易的事，怎么可能呢？"谁也不去搬。于是商鞅又宣布：谁能将木头搬到北门，赏五十金。这时，一个男子站了出来，把木头搬到了北门，商鞅立即赏他五十金。商鞅的这一举动，赢得了人们的信任和拥护。在现代社会也一样，我们经常会听到或看到某些不守信用、不遵守合同的商家受到人们指责并受到法律的制裁。正如孔子所说："人而无信，不知其可也。"

读完此书，回过头来好好想想，孔子并不像我想象的那样讨厌了，我已经从他身上看到了闪光点，相信再读，我会看到更多的。（杭佩英）

思 考

孔子一生以教育为己任，弟子三千，在他死后，弟子都服丧三年，子贡甚至结庐在孔墓旁，陪了六年才离去。相信孔子一定有一种令人心折的气度，才会使其弟子这样敬爱他。然而，在后代许多有关孔子的介绍中，其形象变得十分的呆板与无趣，以至现今，学生们只要一听到孔子，就觉得很无聊，认为他不过是考试要考的一个古人而已。然而，翻开《论语》，孔子的音容笑貌却是呼之欲出。《论语》中浮现的孔子，以炯炯的目光洞彻了人生，领略了宇宙的至理，却又是如此的寂寞，不被世人了解；他如此执著，为实现自己的主张和天下苍生的利益而奔走不休，而他同时又是如此的豁达，不自怨自艾。读完《论语》之后，你心目中的孔子的形象是什么样子呢？

老人与海

1951 年，当加西亚·马尔克斯在巴黎街头第一次见到海明威时，他根本无法抑制自己的激动，远远地扯着嗓门，用着拉丁美洲味道的西班牙语喊道："大师！"这个词几乎概括了几代青年对于这个用全部生命来历险的人的绝对崇拜的情感。

海明威，1899 年 7 月出生在美国密执安湖南岸的一个小镇。他 14 岁走进拳击场，满脸鲜血，可他不肯倒下；19 岁的他在一战的意大利战场上被炸成重伤，身上中的炮弹片和机枪弹头有 230 余块，一共做了 13 次手术，换上了一块白金做的膝盖骨，也没能让他倒下。为表彰他的英勇，意大利政府授予他十字军功勋章和勇敢勋章。写作上的无数艰辛，无数的退稿，无数的失败，还是无法打倒他。直到晚年，连续两次飞机失事，他都从大火中站了起来。没有什么可以击垮他，包括病痛与无助。他的第一部长篇小说《太阳照样升起》问世后立即博得了一片喝彩声，成为当时那一代人的典范之作。这部小说因"你们都是迷惘的一代"的题词而产生了一个文学流派——"迷惘的一代"，而海明威则成了这个流派的代表。他一生创作了《老人与海》、《永别了，武器》、《丧钟为谁而鸣》等优秀作品，1954年获诺贝尔文学奖，1961年因为不愿意成为无能的弱者而自杀。

海明威死了，但他塑造的硬汉形象永远活着。海明威是一个硬汉，与他的硬汉精神相吻合的是他那简洁利索的写作风格。海明威净化了当时的文风，掀起了一场"文学革命"，因此，他被同时代及后来的许多作家奉为典范。他的作品吸引了世界上一代又一代读者的目光，其春风化雨般的影响，经久不衰。此外，海明威的硬汉精神和他面对难关的坚毅态度，都发挥了超越文学之外的影响力，鼓舞了许多人克服困难，战胜自我。

1952年，《生活》杂志找到了当时正处于创作低潮期的海明威，请他为杂志撰写一部小说，海明威应约创作了《老人与海》。《生活》杂志以全本杂志的篇幅匿名登出了这部中篇小说后，立刻掀起一轮阅读热潮。与此同时，《生活》杂志邀请了100多位著名人士，请他们就这部作品发表评论，并将这些评论一一刊出。等到杂志社公开该书作者的姓名时，人们纷纷对海明威这位文坛硬汉致以崇高的敬意。该书出版仅48小时就销量惊人，当年获得了普利策奖，1954年，"因为他精通于叙事艺术，突出地表现在他的近著《老人与海》之中"，海明威又获诺贝尔奖。对于《老人与海》这本被译成几十个国家的文字的作品，海明威自己评价说它是"这一辈子所能写得最好的一部作品"。

《老人与海》是世界文学宝库中的珍品，这部不朽的文学名著曾激励了一代又一代的人为了追求理想而克服困难险阻，并因此迸发出了强大的精神力量。它告诉我们，面临困境时，我们应当选择坦然和坚定，保持内心那股支撑我们的信念。即使条件再艰苦，过程再复杂，我们也要不断地告诉自己，这是一份不可多得的磨炼。人就是要在磨砺中成长，生命就是要在挣扎中开始蜕变。在对生命自我追逐的过程中，我们要学会在荆棘中去寻找玫瑰，坚持自我、肯定自我，而后超越自我。

阅读重点

全书情节十分紧凑，语言质朴，通过对桑提亚哥这个从不向困难低头的"硬汉子"的坚强性格的描写，表现了人类的尊严和勇气，以及在暴力、死亡、失败面前人应有的姿态。

书海导航

【写作背景】《老人与海》这部小说是根据真人真事写的。第二次世界大战结束后，海明威移居古巴，认识了老渔民格雷戈里奥·富恩特斯。1930年，海明威乘的船在暴风雨中遇难，富恩特斯搭救了海明威。从此，海明威与富恩特斯结下了深厚的友谊，并经常一起出海捕鱼。

1936年，富恩特斯出海很远捕到了一条大鱼，但由于这条鱼太大，在海上拖了很长时间，结果在归程中被鲨鱼袭击，回来时只剩下了一副骨架。海明威在《老爷》杂志上发表了一篇通讯《在蓝色的海洋上》报道这件事。当时这件事就给了海明威很深的触动，并觉察到它是很好的小说素材，但却一直也没有机会动笔写它。

1950年圣诞节后不久，海明威产生了极强的创作欲，在古巴哈瓦那郊区的别墅"观景社"，他开始动笔写《老人与海》（起初名为《现有的海》）。到1951年2月23日就完成了初稿，前后仅用了八周。4月份海明威把手稿送给去古巴访问他的友人们传阅，博得了一致的赞美。海明威本人也认为这是他"这一辈子所能写得最好的一部作品"。

【内容精要】《老人与海》整部作品朴素、简洁，于凝练的语言中蕴涵着作者深刻的人生体验，富于寓意与象征，读来隽永清新。小说描写了古巴老渔民桑提亚哥连续84天出海均空手而归，在第85天仍决定扬帆远航，因为他绝不相信自己从此就没有了好运气。果然，他钓到一条个儿比老人的船还要大的马林鱼。老人跟它搏斗并将它杀死，绑在船尾返航。归途中遭到一群又一群的鲨鱼的袭击，老人复又与鲨鱼展开搏斗，渔叉断了用刀，刀折了用桨，桨丢了用舵……直到鲨鱼吃光了马林鱼的肉，老人的力气也耗尽了。一个巨大的鱼骨架被弄到岸上，非常壮观。小说的最后，几天几夜没有合眼的桑提亚哥回到茅屋便酣然入梦，在梦中他梦见了一只雄狮。据说，《老人与海》海明威校改了两百多次，本来可以写成一千多页长，但最终只剩下几十页的一个中篇。假如仍是一千多页，那就不是海明威了，诺贝尔文学奖史上也将抹去他的名字。

《老人与海》这部作品的语言特色，不在于词句的华美与哲理的深刻，它是用包涵爱与忍耐及奋斗的返璞归真的字句感动读者。海明威将富有生命力的人物形象与朦胧抽象的寓意、将现实生活的诗情画意与丰富深刻的哲理有机结合，从而创作出桑提亚哥这个体现着人类尊严、在厄运的重压下昂首挺立的硬汉子典型。

《老人与海》饱浸了对生命的赞美与尊重，这部作品为全世界读者提供了去参考并演绎生命"绝对动力"的平台。全书情节十分紧凑，让读者于简单的情节发展中体会人类的奋斗意志与对生命的尊重，它以直观、浅白的故事，向读者实实在在地展示了何谓生命的壮美。这部篇幅不长的故事的思想内核是坚强、忍耐、热爱、尊重，故事中的一切是那样透明，没有任何人性的阴霾笼罩着作品的意境，即使是贪婪的鲨鱼在老人的自言自语下也变得不那么残暴了。老人的心灵、加勒比海上面阳光照耀的天空、蔚蓝的海水，一切是那么光辉灿烂。

【地位影响】《老人与海》是海明威小说艺术臻于成熟的代表作，也可以视为他毕生文学成就的总结。他用不多的笔墨叙述了一位老渔夫与海洋、大鱼、饥饿、焦渴作斗争的过程，书中所刻画的这个老渔夫桑提亚哥已成为美国文学史上一系列不朽的英雄之一。

《老人与海》是一首真正雄浑的史诗，无论就内容、形式、结构和布局来说，它都称得上是一件深邃完美的艺术品。它是海明威叙事小说中的珍品，已被译成几十个国家的文字，并屡次被搬上银幕。

华文精选

一个人并不是生来要给打败的，你尽可以把他消灭掉，可就是打不败他。

每天都是新的一天，运气好当然最好，但是我宁可做最好的准备，那么当运气来临时，我已经做好准备迎接它。

宁可失败在你喜欢的事情上，也不要成功在你所憎恨的事情上。

面对失败，生命应有一种硬度。

闲暇之余，免不了走马观花地浏览一些名著，出于自己对西方文化背景了解肤浅的缘由，对外国作品总是敬而远之，偶尔拿来以充"门面"，事后都不了了之。可面对《老人与海》时，我的眼睛一亮，仿佛被唤醒了什么。

《老人与海》是美国作家海明威的代表作之一。它简洁朴实、深沉含蓄地描述了在外部强大凶残、荒诞暴力的世界面前，在人的命运注定要失败的条件下，通过老人与大海以及鲨鱼的搏斗，形象地展示了人类要勇敢地面对失败，永远保持精神不败的主题。作者将老人与大海、鲨鱼搏斗的全过程写成了一曲人类同命运、同蛮横暴力进行抗争的精神颂歌。

小说超越了具体时空的情境，以大海为背景，把象征性与真实性有机地结合起来，用生动逼真、细腻准确的笔法对主人公桑提亚哥的心理及行动进行了描绘，赋予故事明显的象征和意味：老人是现代社会人类的抽象体现，在他身上具有豪迈的人格力量，代表着精神上的强者。

故事里的每一天都弥漫着与困苦相搏的硝烟，即使是在与马林鱼搏斗"感觉到自己要垮下去"的时候，主人公还要"忍住一切的疼痛，抖擞抖擞当年的威风，把剩下的力气统统拼出来"。在与鲨鱼群进行战斗的境况下，尽管"鲨鱼这东西，既残忍、又强壮、又聪明"，老人在精疲力竭的情况下，仍然拖着伤残的身躯与它展开了一场力量悬殊、注定失败的战斗……小说的字里行间处处流露出对主人公面对失败泰然处之、永不言败的不屈意志的颂扬。

《老人与海》最令我赞赏的是最后的结局。虽然老人在与暴力世界的较量中失败了，但他坚信："一个人并不是生来要给打败的，你尽可能把他消灭掉，可就是打不败他。"最终，他虽然只带回来一副巨大的鱼骨架，然而在睡梦中，小孩还在陪伴着他，他也"正在梦见狮子"——这是对未来胜利的向往和憧憬！其实，可怜的老人在几十次捕捉大鱼的过程中已战胜了大海，难道不是么？

小说用简约含蓄的语言平静地收了尾，但读过后一种悲怆、壮美的感动冲撞在我的心间，这份感动不是因为老人那命运多舛的人生，而是来自他那伟岸昂扬的生活态度。

一位名人曾经说过，命运是不可改变的，可改变的是我们对命运的态度。"人生自古无直路"，因而如何对待生活中的挫折和不幸也是一门学问，"艰难困苦，玉汝于成"。河床的弯弯曲曲，隐藏的暗礁并不能阻碍河流入海。许多崇高者的命运汇作了人类社会的壮阔，如屈原的《离骚》作于削职流放之时，贝多芬被命运放逐在死般的空谷，他又竖起不屈和激情的耳朵去谛听生命的叩击。

暂且抛开古人，回到现实：考试落榜，工作受困，疾病缠身，有权者的压制打击，无权者的诽谤嘲讽，等等，我们每个人在生活中都会遇到难题。面对大自然和社会，人们不可能总是强者，就像季节不会总是春天，怎么办呢？将你生命的力量凝聚在一起，朝这些打击顶过去，即使人生处于山穷水尽之中，你也不要丧失信心和希望，"柳暗花明又一村"嘛！人生没有克服不了的困难、渡不过的难关。

成功固然重要，那种拼死要扼住失败喉咙的威猛气势尤为感人。希望《老人与海》这个故事中的老人的不屈意志可以唤醒那些正徘徊在人生路口的人们——失败并不可怕，走出困境靠自己，只要精神不垮，办法总比困难多，创造和劳动会带给我们美好的生活！

让我们的灵魂随着老人航行于人生的大海上，去感受精神不败的快乐吧！（刘晓红）

精神的胜利

《老人与海》之所以成为海明威的巅峰之作，之所以不同于海明威其他硬汉小说，就在于海明威在《老人与海》中，不但写了硬汉，而且通过这一硬汉讴歌了人类的永恒价值。正是这一点使得《老人与海》中的硬汉桑提亚哥与海明威其他小说中的硬汉有了天壤之别。

海明威在创作《老人与海》之前所写的硬汉，仅仅是性格的坚硬，他们对读者的吸引力完全来自于硬汉特异的性格，他们的价值只在于硬汉性格的罕见。

在《老人与海》中，孤独的老渔夫桑提亚哥已经不仅仅是条硬汉，他身上所体现的精神价值，完全是古希腊悲剧精神的现代回响。在《老人与海》中，海明威终于为他所钟爱的硬汉找到了灵魂，这灵魂就是人类亘古不变的永恒价值。因此，在《老人与海》中，硬汉桑提亚哥的刚毅性格已经成为小说的表面，通过桑提亚哥硬汉性格来礼赞人类的永恒价值，才是小说的真正主题。

桑提亚哥连续出海84天了，一条鱼也没捕到。可是，"那双眼睛啊，像海水一样蓝，是愉快的，毫不沮丧的。"原先跟随桑提亚哥出海捕鱼的小孩，谈到他爸爸把他叫到别的船上去，说道："他没多大的自信。""是的，"老头儿说，"可是我们有，你说是不是？"桑提亚哥的自信是不以环境变化而变化的自信，是不用与他人比较的自信。在桑提亚哥的生存哲学中，即使遭遇到了极点的背运，人也应该保持自信。

人活着，唯一能确定的必然，就是走向死亡。除此之外，没有任何必然的东西可以依靠。既然人是靠偶然活着的，那么支撑人生存勇气的就只有自信了。如果丧失了自信，在持续那么多天的背运之后，桑提亚哥还有勇气和毅力出海捕鱼吗？因此人活着就必须自信。

《老人与海》的主要篇幅是描写孤独的老渔夫桑提亚哥，在茫茫大海上和大马林鱼及各种鲨鱼纠缠、搏斗了三天三夜的经历。通过海明威淋漓尽致的描写，我们充分感受到了桑提亚哥与命运做殊死抗争的悲壮与崇高。

老人最后拖回家的只是一副18英尺长的鱼的骨架，骨架上唯一完整的是鱼头和漂亮的鱼尾巴。从物质上来说，老人搏斗了三天三夜的结果是失败了；但从人的精神、从人的自信与自尊、从人勇于和命运作竭尽全力的抗争来说，桑提亚哥取得了胜利。

说到底，人的真正胜利也只能是精神的胜利。人在物质上无论取得多大的成就，都不能赢得我们崇高的敬意，而只有精神和气魄的胜利，才使我们感动，才使我们和追随老人的孩子一样，为他的悲壮落泪。（侍春生）

名家导读

《老人与海》是一首田园诗，大海就是大海，不是拜伦式的，不是麦尔维尔式的，好比荷马的手笔，行文沉着又动人。真正的艺术家既不象征化，也不寓言化……但是任何一部真正的艺术品都能散发出象征和寓言的意味。这一部短小但并不渺小的杰作也是如此。

——美国艺术史家　贝瑞孙

海明威有着一种强烈的愿望，他试图把自己对事物的看法强加于我们，以便塑造出一种硬汉的形象……当他在梦幻中向往胜利时，那就必定会出现完全的胜利、伟大的战斗和圆满的结局。

——美国作家　索尔·贝娄

人可以失败，但不可以被击败，外在的肉体可以接受折磨，但是内在的意志却是神圣不可侵犯的，这是《老人与海》一再强调的论点。海明威所倡导的勇敢，不是匹夫之勇，而是有智慧、有方法的勇敢。真正的大师都是用最简单的语言来表达最深刻的道理，真正的好作品都是用生命的历练做题材，《老人与海》所刻画出来的正是海明威的一辈子最好的画像，正如海明威所说，"我读过200多遍，每读一次，我就多一分收获，好像我最后得到我这一生辛苦工作所欲得到的东西。"

——台湾学者　陈人孝

《老人与海》讲了一个老渔夫的故事，但是在这个故事里却揭示了人类共同的命运。我佩服老人的勇气，佩服他不屈不挠的斗争精神，也佩服海明威。

——著名作家　王小波

青春感悟

做一个硬汉

第一次读《老人与海》，便觉得体内有一股冲动，有一种被长期束缚之后获得自由的快感。老渔夫桑提亚哥的硬汉子形象在我的心中留下了不可磨灭的印象。

《老人与海》不是一般意义上的情节小说，更像是一部寓言小说。作者借助老人桑提亚哥的故事，表现的是在生与死的搏斗中的硬汉子精神。作者用富于象征的笔法将他的"硬汉子"送到大自然中，让他在海上与大马林鱼和凶恶的鲨鱼群进行惊心动魄的搏斗，以表现主人公"在重压下的优美风度"。

"打不垮"是硬汉桑提亚哥的表现，也是小说的主题之一。譬如说，他与大马林鱼相持一天半的时间，左手一直抽筋，像蜷曲的鹰爪，右手被绳子勒得出了血。这时的老人并没有悲观失望，而是把手浸在海水里说："不坏，痛苦对一个男子汉来说不算什么。"海明威把世界看成一个竞技场，任

一生必读的文学精品

何英雄的行为都是可以实现的。真正的硬汉是敢于向命运、向自然、向失败挑战的人。他可能在拼搏中一次次地失败，但他的精神是永远不会垮的，这就是人的尊严所在。人也只有在这种英勇的拼搏中超越自我，才能证明自身的价值。

读完小说，让我们回到现实中来。常听人说，现在的学生很累。不错，升学压力、社会压力，甚至还有家庭压力，很多人被压得喘不过气来。因此，有人逃避了，退缩了，他们不是硬汉；有人在失败后痛哭流涕，甚至自寻短见，他们也不是硬汉；有些人侥幸成功了，便沾沾自喜，目空一切，他们更不是硬汉……真正的硬汉子是跌倒了爬起来，爬起来后更想跳起来的人。

在小说的结尾，作者故意安排了一个情节：老渔夫的孤独与失败被一个孩子所理解，老人留给孩子的是"打不败"的精神。这个结尾似乎有点儿凄凉，但小说带给我的那股冲动是抹不去的。做一个硬汉，我对自己说。

（何　捷）

成为生活的强者

我是一个生活在学校与家庭的夹缝里的人。老师谆谆地劝勉，以及那枯燥的书本，难以理清的习题……我退缩了，害怕了，万般无奈中，只有在角落中暗自伤感。在那看不见的大山下挣扎着，喘息着。在那片刻的喘息中，我捧起了海明威的《老人与海》，虽是匆匆读过去，主人公桑提亚哥却走进了我的心中，并将长久地留在我的心中。

我们就应如作家笔下的这位老人，自信是他精神的支柱。他在一连84天未捕到一条鱼的情况下，在第85天又出海了，而他所依靠的仅仅是他的信心。

老人是勇敢的、乐观的。当他面对蜂拥而至的鲨鱼群时，他再一次投入了搏斗。他不仅仅是在同鲨鱼群搏斗，更是在同整个大海在较量，作者笔下的老人张扬着人格的伟大力量，成为整个人类理想的化身，在生死未卜的艰难困苦中同大自然进行着一场殊死的抗争。

人类的发展进化史就是一段与大自然进行英勇较量的历史。在人类博大的胸怀中隐藏着一种不可估量的力量，深深地印刻在人类心灵的深处，伴随着人们走过千年的风霜，历经万年的坎坷，铸就今日的辉煌。这种潜藏着的力量一旦被激发出来，足以让我们每一个人在面临磨难与绝境时，

冲出来成为勇者。我们应该向桑提亚哥学习，成为生活的强者！（陆爱萍）

思 考

有关《老人与海》中老渔夫桑提亚哥是胜利者还是失败者是文学史上一个有争议的问题。如果说老人是胜利者，他并没有什么实际意义的收获；说他是失败者，他却以自己的力量和技巧战胜了一条很难捕获的大鱼，显示了老人的能力和智慧。小说给读者留下了无穷无尽的争议，作者把自己无法下的结论留给读者去思考。读了《老人与海》，你认为桑提亚哥是胜利者，还是失败者呢？

巴黎圣母院

19 世纪文学大师、法国积极浪漫主义的领袖和杰出代表维克多·雨果（1802～1885）出生于法国东部的贝尚松省，经历了漫长而曲折的一生，创作了大量的作品，塑造了丰富的典型，给人类留下了许许多多艺术瑰宝。在长达 60 多年的文学生涯中，雨果勤奋创作，留下了 22 部诗集，12 部戏剧，20 部小说和散文，若干论文等珍贵作品，此外，他还创作了 4000 多幅油画和水彩画等艺术作品，给法国文学和人类文化宝库增添了一份十分辉煌的文化遗产。1885 年雨果逝世，法国人民为他举行了国葬，从此他长眠于专门安葬伟人的巴黎先贤祠。

雨果是人类精神文化领域里真正的伟人，文学上雄踞时空的王者。在世界诗歌史上，他构成了五彩缤纷的奇观，他上升到了法兰西民族诗人的辉煌高度，他长达几十年的整个诗歌创作道路都紧密地结合着法兰西民族 19 世纪发展的历史过程，他的诗律为这个民族的每一个脚步打下了永恒的节拍。在小说中，他是唯一能把历史题材与现实题材都处理得有声有色、震撼人心的作家。他小说中丰富的想象、浓烈的色彩、宏大的画面、雄浑的气势，显示了某种空前的独创性与首屈一指的浪漫才华。在戏剧上，雨

果结束了一个时代也开创了一个时代，是他完成了从古典主义戏剧到浪漫主义戏剧的发展。

雨果不仅是伟大的文学家，而且是伟大的社会斗士，像他这样作家兼斗士的伟大人物，在世界文学史上寥若晨星，屈指可数。他是法国文学中自始至终关注着国家民族事务与历史社会现实并尽力参与其中的唯一的人，他一直紧随着法兰西民族在 19 世纪的前进步伐。

雨果经历了各种新思潮的冲击，但任何曾强劲一时的思潮与流派均未能动摇雨果屹然不动的地位。一个多世纪漫长的时序也未能削弱雨果的辉煌，磨损雨果的光泽，雨果至今仍是历史长河中一块有千千万万人群不断造访的胜地。他对于我们，其重要意义不仅在于他书写了 19 世纪惊心动魄、曲折迂回的法兰西历史，更重要的在于他以高远的思想境界、强烈的社会正义感、真诚的人道主义精神和他的呼喊、他的微笑、他的眼泪、他的忧伤，跨越地域，超越时空，与包括中国人民在内的全人类，与 21 世纪乃至更为久远的人们心气相通、血脉相连。

在人类历史上，有不胜枚举的文化名人，然而，只有为数不多的几位能被本民族奉为民族灵魂的代言人，他们的作品被视作人类精神的瑰宝。这其中，法国大文豪雨果及他的巅峰之作《巴黎圣母院》，就是人类文明灯塔上一盏最为耀眼的明灯。在西方，雨果的这部作品是人们的必读书，在中国，它也是传播广泛的名著之一。

尽管《巴黎圣母院》是雨果青年时期的作品，创作这部长篇小说的时候，雨果还没有经过在根西岛上被流放 18 年的"炼狱"，他的思想的深刻性还远不如写作《悲惨世界》、《九三年》等作品时那样炉火纯青。但即使这样，《巴黎圣母院》仍旧是现实主义文学创作的一次巨大的和极富创新意义的突破。外貌丑陋但内心善良的敲钟人伽西莫多和美丽的吉卜赛女郎爱斯梅拉达已成为不朽文学形象，而它所代表的社会意义和思想意义，则使《巴黎圣母院》成为一部永远耐人寻味和含义无穷的书。

作家因不朽的作品而不朽，作品因永生的人物而永生。雨果和《巴黎圣母院》就是这样。

阅读重点

这部名著塑造的吉卜赛女郎爱斯梅拉达和钟楼怪人，是世界艺术长廊

中不朽的人物形象。

本书结构的宏大、情感的张力和对人性解析的深刻程度，让后人叹为观止。

书海导航

【写作背景】 1831 年前后，整个欧洲处于政治大动荡中，封建势力同资产阶级正在进行复辟与反复辟的复杂斗争。在法国，1789 年资产阶级革命推翻了波旁王朝，建立了金融家王朝的政权"七月王朝"。但波旁王朝在国外封建势力的支持下，于 1815 年复辟。1830 年 7 月，法国爆发了革命，结束了波旁复辟王朝的封建统治。在激烈的阶级斗争中，雨果的思想发生了重要的转变。1816 年，他曾以歌颂波旁王朝的诗篇得到路易十八的赏识，而 15 年后，社会的现实打碎了雨果头脑中君王思想的束缚。残暴的封建统治，劳动人民的痛苦生活，深刻地教育了他，于是他转变了：对波旁王朝从拥护到痛恨，对劳动人民从漠视到同情。这种思想的转变，很自然地反映到他的创作上。《巴黎圣母院》是作家借用了中世纪题材对封建专制制度和天主教会罪行的总清算，也是对 1815～1830 年的波旁王朝反动暴政的深刻批判。

【内容精要】《巴黎圣母院》是 19 世纪法国浪漫主义作家雨果的第一部具有深刻思想力度和撼人艺术感染力的小说。

小说以 15 世纪路易十一统治下的巴黎为背景，开卷就将读者带到巴黎圣母院前狂热的人群欢度宗教节日的热闹场景中。作者用戏剧性的手法讲述了一个动人的故事：爱斯梅拉达是个美丽的吉卜赛女郎，以在巴黎街头卖艺为生，巴黎圣母院的副主教克洛德对这个少女动了邪念，夜间指使相貌奇丑的敲钟人伽西莫多在街头劫持她，但被侍卫长弗比斯救出。少女爱上这位轻薄的军官后，更招来了克洛德的嫉恨，克洛德趁这对男女约会时用匕首刺伤了弗比斯。爱斯梅拉达在惊吓中昏倒，克洛德趁此逃走，而爱斯梅拉达被诬陷刺杀弗比斯而被判死刑。对她充满爱慕和谦卑之情的伽西莫多将她从绞刑台上救出，在圣母院顶楼暂时避难，但法院决定不顾圣地避难权要逮捕爱斯梅拉达。巴黎下层社会的乞丐等为营救爱斯梅拉达而攻打圣母院，混战之际，克洛德把她劫持出圣母院，威逼她屈从于他的兽欲。遭到拒绝后，克洛德把爱斯梅拉达交给追捕她的官兵，在圣母院楼上看着

一生必读的文学精品

她被绞死。伽西莫多在绝望中愤怒地把这位抚养他长大的副主教推下顶楼，活活摔死，自己则到公墓找到爱斯梅拉达的尸体，死在她的身边。

《巴黎圣母院》的悲剧突出地表现出灵与肉之间不可调和的矛盾，终以矛盾主体的覆灭，以致他人无故受害而告终。神权与人权，理性的光芒，种种庞大的黑暗制度与挣扎的脆弱个人的冲突，无不把"悲剧气氛渲染得极为出色"。

小说《巴黎圣母院》艺术地再现了 400 多年前法王路易十一统治时期的历史真实，宫廷与教会如何狼狈为奸压迫人民群众，人民群众怎样同两股势力英勇斗争。小说中的反叛者吉卜赛女郎爱斯梅拉达和面容丑陋的残疾人伽西莫多是作为真正的美的化身展现在读者面前的，而人们在副主教克洛德和贵族军人弗比斯身上看到的则是残酷、空虚的心灵和罪恶的情欲。作者将可歌可泣的故事和生动丰富的戏剧性场面有机地连缀起来，使这部小说具有很强的可读性。小说浪漫主义色彩浓烈，且运用了对比的写作手法，它是运用浪漫主义对照原则的艺术范本。

【地位影响】《巴黎圣母院》是一部气势宏大的浪漫主义杰作，它充分展示了雨果作为一个大师级作家的不朽才华，小说的发表使雨果的名声更加远扬。这部名著塑造的吉卜赛女郎爱斯梅拉达和钟楼怪人，是世界艺术长廊中不朽的人物形象。

小说结构的宏大、情感的张力和对人性解析的深刻程度，让后人叹为观止，这也是作品问世后成为人们最为热衷改编的重要原因。以此为题改编的同名电影、动画片等都无一例外地获得巨大的成功。

华文精选

过度的痛苦也像过度的欢乐一样，十分剧烈，却不长久。人的心是不可能长期处于某一极端之中的。

宽宏大量，是唯一能够照亮伟大灵魂的光芒。宽宏大量，位于一切其他美德前列高举火炬。没有它，世人都会成为摸索着寻找上帝的瞎子。

松柏不好看，不如杨柳那么美，可是松柏岁寒还长青。

一部愤怒而悲壮的命运交响曲

1830 年，28 岁的维克多·雨果开始奋笔疾书他的"命运三部曲"之一《巴黎圣母院》〔其他两部是《悲惨世界》（被称作《法律的命运》）和《海上劳工》（《事物的命运》）〕，这样一部波澜壮阔的杰作仅仅用了 150 多天就完稿，不愧为旷世奇才！我们可以从研究古希腊悲剧中，把雨果的前辈古人所说的命运大致分为三类：一是偶然的不幸，二是人的自我分裂及其不幸的解决，三是人与社会的或自然之间的冲突不可调和。固然，《巴黎圣母院》所叙述的命运，一个重要的侧面是教士克洛德淫秽、叛教，不信天主教诲，偏信炼金邪术，为淫欲所支配，终于导致他自己以及他所爱和所不爱的人们统统灭亡——这是悲剧之一。而敲钟人伽西莫多天生畸形，既瞎又聋，他将爱斯梅拉达救入巴黎圣母院后，阻遏那些企图营救爱斯梅拉达而前来攻打圣母院的义民于前庭广场，以致义民遭到克洛德带来的士兵的疯狂镇压和屠杀。而代表着黑暗中世纪鲜见的正义力量——那些下层社会的贱民全部被消灭，这是又一悲剧。无辜的跳舞姑娘不仅是一切惨遭统治欧洲长达一千年的愚昧黑暗势力摧残的可怜百姓中间的一个，也是他们的楚楚动人的形象，但无论她怎样辩白，无论人们怎样出于义愤竭力救助，仍然逃不脱被绞死的命运——这是悲剧之三。所有这些正是上述悲惨命运的三大契机或动因一齐发挥作用的惨烈结果。

《巴黎圣母院》以感人至深的笔触刻画的就是那黑暗时代几乎全部平头百姓不可逃脱的这样的悲惨命运。国王路易十一深藏在重重黑幕后面，他却正是雨果拿出来示众的血腥屠杀的元凶！无辜惨遭他所代表的黑暗之力摧残的民众就是这部悲剧的真正主角。然而，伟大的人道主义者雨果仍然要求我们相信"生活，就是昂首前瞻"。我们抛洒眼泪的同时，要像雨果那样"我睁开眼睛，看见了灿烂的晨星"。是的，应该永远乐观，"相信白昼，相信光明，相信欢乐"。雨果高唱着这鼓舞人反抗压迫、冲破黑夜的诗句，奋勇前进，向人类广布他的人道主义呼声，他从 30 岁起进入了法国乃至全欧的浪漫主义创作更高更盛的时期。

巴黎圣母院，威严赫赫，以其不朽的智慧，在它存在迄今 800 多年中，默默注视着滚滚河水、芸芸众生，曾经是多少人间悲剧、人间喜剧的见证！

在雨果的这部小说中，它仿佛有了生命的气息，庇护爱斯梅拉达，证实克洛德的罪行，悲叹众路好汉尝试打击黑暗统治而英勇献身的壮举，惊赞伽西莫多这"渺不足道的微粒尘芥"把一切豺狼虎豹、一切刽子手踩在脚下的侠义行为；它甚至与伽西莫多合为一体，既是这畸形人灵魂的主宰，又是他那怪异躯壳的依托。在雨果的生花妙笔下，它活了起来，同时也以它所铭刻、记述并威武演出的命运交响曲增添了伟大作家的光辉。

美丽的巴黎圣母院是哥特建筑艺术的珍品。雨果早在少年时代就对建筑艺术——尤其是哥特建筑艺术有浓厚的兴趣。及至青年时代，他至少进行了三年的准备，熟悉中世纪的法国社会，特别是屡次亲身钻进圣母院的旮旮旯旯，同时广泛阅读有关资料，掌握了法国人引以为荣的这座建筑物所有的奥秘，便于1830年7月着手写稿。他假托在那两座巍峨高耸的钟楼之一的黑暗角落，发现墙上有这样一个中世纪人物手刻的希腊词：命运！说是这个支配人类的命运，事实上支配那愚昧时代一切人的黑暗之力亦即魔鬼，它无所不在的宿命寓意深深打动了作者。确实，《巴黎圣母院》这本书就是为了叙说"命运"一语而写作的。伟大的人道主义者雨果寻求的是命运的真实内涵。无论是克洛德，还是伽西莫多，他们归根到底是社会的人，他们内心的分裂、冲突，反映的是他们那个时代神权与人权、愚昧与求知之间，庞大沉重的黑暗制度与挣扎着的脆弱个人之间的分裂、冲突，终于导致悲剧中一切人物统统死光的惨烈结局。我们在这部巨著中看见的命运，就是在特定环境即中世纪的法国首都，愚昧迷信、野蛮统治猖獗的那个社会之中，发挥其横扫一切的威力。

《巴黎圣母院》作为一部浪漫主义代表作，正是由于作者力求符合自然原貌，刻画中世纪的法国社会真实生活，以卓越的手法和浪漫的形式，依据动人的情节发展，凝聚、精练在这部名著中而呈现出它们的生动面貌和丰富蕴涵，赢得了继《艾那尼》之后浪漫主义打破古典主义死板桎梏的又一胜利。这是一部愤怒而悲壮的命运交响曲！（管震湖）

《巴黎圣母院》中的美丑对照

美丑对照是雨果浪漫主义文艺思想的核心。而《巴黎圣母院》是雨果浪漫主义的代表作。整个作品自始至终都体现了这种对照原则，运用这种原则组成惊心动魄的情节，创造了异乎寻常的人物，给人们展现出一幅光明与黑暗的殊死抗争的画面。

雨果认为"滑稽丑怪作为崇高优美的配角和对照，要算是大自然给予艺术最丰富的源泉"。善良的东西总伴随着丑恶的存在，在矛盾和尖锐的斗争中体现出来，《巴黎圣母院》的清洁，就是在美的代表吉卜赛女郎爱斯梅拉达与丑的代表副主教克洛德的矛盾冲突及鲜明对照中展开的。爱斯梅拉达先后五次遇难与获救的曲折过程够构成了故事的基本情节。随着故事发展，作者通过四个男人与爱斯梅拉达的对照及其人物本身的自我对照，表现四种不同的爱和作者对真、善、美的鉴别准则及爱憎态度。

　　首先是侍卫长弗比斯轻薄的爱。弗比斯是爱斯梅拉达唯一心爱的男人，他风流潇洒，英俊健美，在伽西莫多劫持爱斯梅拉达时，弗比斯英雄般地救了她。基于对英雄的爱慕，爱斯梅拉达死心塌地地爱上了他。而弗比斯呢？实际是个轻薄的花花公子，他对爱斯梅拉达的爱只是逢场作戏，对女性的玩弄与占有。对他来说，美丽却贫穷的爱斯梅拉达绝不是他的梦中情人，而对表妹拂勒赫小姐，弗比斯爱的是她的名门出身与嫁妆。因此当爱斯梅拉达落难无辜地被黑暗势力迫害致死时，弗比斯根本不看她一眼，与贵族小姐完婚了。因此，弗比斯的俊美掩盖着心灵的空虚与丑恶。

　　第二是副主教克洛德兽欲的爱。克洛德与爱斯梅拉达的矛盾是小说的主要线索，贯穿始终，他们是对立的力量。克洛德外表道貌岸然，骨子里却是衣冠禽兽。他对爱斯梅拉达的美色垂涎三尺，表现出疯狂的爱恋，但这是一种兽念。在勾画克洛德的卑劣灵魂时，作者运用一分为二的辩证观，一方面写他的灵魂是丑恶的，品行是卑下的；另一方面也说明克洛德的兽欲意念的强烈与西方宗教的禁欲主义分不开，克洛德既是施恶者，也是受恶者。

　　第三是伽西莫多对爱斯梅拉达纯正而自卑的爱。敲钟人伽西莫多外貌奇丑：体残，背驼，胸凹，眼突，耳聋，脚跛，其整个身躯没有一个地方一个器官是正常的，作者对"钟楼怪人"倾注了无限的同情，其人性的光辉让人产生一种丑到极处却是美到极处的文学感受。在这样残缺的身躯里隐藏着最真最美的东西，当他在格雷勿广场受到嘲弄、侮辱，口渴得要命而纯洁如天使的爱斯梅拉达不计前嫌送水给他时，他"有生以来第一次流出一滴眼泪"，便在心灵深处产生了一种最强烈的爱情，冒着生命危险救她，保护她，安慰她，照顾她。如果说英俊的弗比斯的爱是虚情，道貌岸然的克洛德的爱是兽欲，庸俗无聊的甘果瓦的爱是假意，那么伽西莫多的爱是一种宝贵的真情。特别是当意识到自己被克洛德利用并使爱斯梅拉达

死去时，他杀死了养育自身的克洛德，这表明了他人性的正义。因此，伽西莫多的形象是《巴黎圣母院》众多形象中最具美学价值的形象，外表丑陋无法淹没灵魂的纯洁。

另外，还有一个男人与爱斯梅拉达纠缠。这就是诗人甘果瓦——一个能编会写，知识丰富的知识分子。他误入乞丐王朝，按乞丐王朝的法律应当处死，爱斯梅拉达出于不让有才学的诗人无辜丢命的目的表示愿意与他结婚，而并非爱上他。甘果瓦虽然知识丰富，却是一个"心灵本来就是混沌，无决断，且复杂的人"，如此平庸之辈不可能激发爱斯梅拉达纯洁的爱。就甘果瓦来说，对爱斯梅拉达的救命之恩知而不报，这就说明这个人无情无义，当爱斯梅拉达受难时他还协助敌人陷害救命恩人，他不但是懦夫、庸人，还是一个无灵魂无品行的卑鄙恶人，因此甘果瓦对爱斯梅拉达的感情是一种干瘪的无品行的爱，显示了他的自私、平庸和无耻。

雨果通过描写四个处于不同地位、不同阶级的人对爱斯梅拉达的内容不同、方式不同的爱，在强烈对照中揭示了美与丑、善与恶、形式与内容、灵魂与躯体、情与欲之间的内在矛盾。（佚　名）

名家导读

《巴黎圣母院》意在描绘 15 世纪巴黎的生活和习俗，它是一部富于宏伟而有益的想象的创作。……好像一个科学家从一根脊椎骨重新塑造一个完整的动物，雨果的头脑以大教堂为起点，构想出年代久远已消逝的巴黎的全貌。那些远古年代的信仰和迷信、习俗和艺术、法律和人类的情绪及热情，以一种壮阔而遒劲的笔触给我们描绘得栩栩如生——虽然并不十分精密，却具有一种令人信服的魔力。

——丹麦文学史家　勃兰兑斯

《巴黎圣母院》之所以能够为巴黎圣母院构筑筋骨、铸造灵魂，使其成为道义与良知的象征，成为纯洁与善良的所在，成为信仰与追求的寄托，成为对"恶"的鞭挞和对"美"的讴歌的形象化的见证，就因为雨果是一个非凡的作家。

——青年作家　艾　斐

聆听圣母院的钟声

　　维克多·雨果是法国浪漫主义文学运动的领袖，《巴黎圣母院》是其最著名的浪漫主义典范作品。读完这部巨著，书中一个个各具特色的人物形象不断地在我的脑海中浮现：纯洁善良的爱斯梅拉达、阴险刻毒的克洛德、放荡无情的弗比斯……然而，让我留下最深刻印象的人物还是那圣母院的敲钟人——伽西莫多。同时，雨果对伽西莫多的塑造也反映出了《巴黎圣母院》一书的写作特色。

　　夸张的描写是这部书的特色之一。在《巴黎圣母院》中，伽西莫多有着丑到极点的相貌：几何形的脸，四面体的鼻子，马蹄形的嘴，参差不齐的牙齿，独眼，耳聋，驼背……似乎上帝将所有的不幸都降临在了他的身上。雨果用极其夸张的手法把一个世界文学中外貌最丑的人物形象生动地展现在了读者的面前。这种夸张并不是"无病呻吟"的做作，而是一种铺垫。雨果通过夸张为后文的强烈对比做好了准备。

　　因此，强烈的对比便成为《巴黎圣母院》的另一个写作特色。雨果塑造的绝不仅是一个简单的"丑八怪"，他赋予了伽西莫多一种"美丽"，一种隐含的内在美。伽西莫多的外貌丑陋，但是他的内心却是高尚的。他勇敢地从封建教会的"虎口"中救出了爱斯梅拉达，用"圣殿避难"的方法保住了姑娘的性命。在圣母院中，伽西莫多无微不至地照顾爱斯梅拉达。这种无私的奉献和副主教膨胀的私欲恰好形成鲜明的对比。雨果通过对比，使主人公截然相反的两种性格更加凸显，引起了读者的强烈共鸣。同时，这种"表里不一"的缺陷也从一个侧面反映了当时社会存在着的不足——伽西莫多的"美丽"根本不为人所认识，甚至承认。难怪伽西莫多会在钟楼上绝望地疾呼"天厌弃啊！人就只应该外表好看啊！"

　　最后，戏剧性的场面也是《巴黎圣母院》吸引我的一个原因。作为一部浪漫主义著作，戏剧性的场面既给我们以扣人心弦的震撼，又把人物之间和自身内心的矛盾冲突表现得淋漓尽致。一幕幕场景栩栩如生，我仿佛身临其境。夸张的描写、强烈的对比、戏剧性的场面烘托，以上的这些写作特色使得雨果的《巴黎圣母院》当之无愧地成为浪漫主义作品的典范。

（尚　尚）

伽西莫多被副主教克洛德收养，对伽西莫多来说，克洛德是他的"再生父母"，他对他只有唯命是从。然而，为何伽西莫多在爱斯梅拉达的问题上对副主教有了一丝"叛逆"之心呢？——副主教得不到爱斯梅拉达就要将她处于死地，而伽西莫多却誓死保护着她。你对伽西莫多这个人物形象是怎样理解的呢？

歌德谈话录

爱克曼（1792～1854），19世纪德国著名诗人、散文家。1792年出生在汉堡附近的农村，家境贫寒，很晚才上学读书，虽然也勉强上了大学，但没毕业就中途辍学。他从小对诗歌产生了兴趣，歌德便成了他崇拜的偶像。他竭力模仿歌德，按照歌德写诗的风格和习惯创作诗歌，1821年结集出版，并把这部诗集献给了歌德。歌德对他的诗集反应冷淡，但爱克曼并不气馁，他中断了在格廷根大学的学业，躲在汉诺威附近的一个地方全力撰写他的《论涛·特别以歌德为证》。1823年5月爱克曼将这部已经写成但尚未出版的论文集寄给了歌德，这一次真的感动了歌德的心。当年，爱克曼来到了魏玛，歌德不仅接见了他，而且建议他留在魏玛，在他那里工作。从此爱克曼就与歌德合作，一直到歌德逝世。

歌德是德国历史上最伟大的诗人，他同荷马、但丁和莎士比亚并称为欧洲四大文化名人。歌德的名字早已为我国读者所熟知，他的作品，如《少年维特的烦恼》、《浮士德》、《维廉·麦斯特》等，深受我国读者的喜爱。两个多世纪以来，世界各国曾有无数的作家、评论家和学者孜孜不倦地研究歌德、介绍歌德，他们写下的有关歌德的评论、传记或其他著作可以说是汗牛充栋、不可胜数，为后人继承歌德的宝贵的文学和思想遗产做

出了十分重要的贡献，但却很少有人因此而载入史册。然而，有一位德国人却是幸运的，那就是约翰·彼得·爱克曼，他的名字却永远和歌德联在一起，因为他写下了一部被尼采评为"德国最佳作品"的著作——《歌德谈话录》。

爱克曼是 1823 年 6 月应歌德邀请去魏玛后与其相识的，此后便在那里长住了下来，直到歌德 1832 年 3 月去世。《歌德谈话录》是他在魏玛给歌德当了九年多的义务助手，直至歌德去世后整理出版的一部著作。由爱克曼辑录的《歌德谈话录》真实地记下了歌德晚年最成熟的思想和实践经验，内容涉及哲学、美学、文艺理论、创作实践，以及日常生活和处世态度，字里行间透露出歌德的实践的眼光、艺术的眼光和世界的眼光。这三种眼光交相辉映，构成了歌德的智者之言，给人以精神的启迪、洗礼和提升。

阅读重点

本书内容涉及文学、艺术、戏剧、建筑、美学、哲学、宗教、政治、社会、人物以及科学等几乎当时所有的知识领域，这是研究歌德的重要的资料，对于了解歌德的作品有很大的帮助。

书海导航

【写作背景】本书的作者爱克曼很向往艺术世界，学过绘画，当他读到歌德的诗歌时，他很快就沉迷在诗艺里，从此成了歌德的忠实崇拜者。他到魏玛拜访歌德，渴望得到这位享誉世界的大诗人的指导。他从歌德那里学到很多知识，同时也成为歌德的秘书。他编辑了由歌德亲自审订的《歌德文集》。他从头到尾仔细阅读了歌德的全部作品。由于工作关系，爱克曼有必要经常与歌德就各种问题进行交谈。爱克曼不仅认真听歌德的谈话，而且尽可能地记在脑子里，然后写在日记里或写在信中。很早他就开始将记在脑子里的歌德的谈话整理成文，交给歌德审阅。1826 年爱克曼向歌德正式提出要出版他辑录的《歌德谈话录》的请求，歌德一再婉拒。爱克曼是个非常执著的人，虽然歌德不同意马上出版，但他回忆、整理、编排歌德谈话的工作并没有停止，只是由于主要工作是编辑《歌德文集》，这项工作就只能放在业余时间进行。1832 年歌德逝世，出版《歌德谈话录》再也没有阻碍了。

【内容精要】歌德是个百科全书式的智者，他的文学创作、科学研究和政务活动，还有他丰富的经历，这一切使他成为另一种意义上的完整的人；他的丰富阅历，他的渊博学识，他那深邃的思想，犀利和审视的目光，赋予他的谈话以一种广袤的涵盖性，深度的哲理和经常闪现精神火花的真知灼见，到处可见隽永之词，智能之语。爱克曼以优美轻灵的文字记录了他在歌德身边九年间的所见所闻，因此《歌德谈话录》一书中的谈话涉及文学、艺术、戏剧、建筑、美学、哲学、宗教、政治、社会、人生以及科学等几乎当时所有的知识领域。其中大部分内容还经过歌德过目和肯定，只是因歌德生前没同意所以才在歌德去世后出版。先是于1836年出版此书的第一卷和第二卷，此后爱克曼又根据自己和歌德好友瑞士人梭瑞的笔记于1848年出版第三卷作为补编。此书既可视为文学类，更可以列入传记类图书，一经问世便被译成各种文字流传世界各国。书中的内容贴近人性与真理，虽穿越时空的隧道而仍显得鲜活。

爱克曼辑录的《歌德谈话录》中的"谈话"，并不是歌德谈话的原始记录，而是经过他筛选、整理、编排和加工以后的"谈话"。它是研究歌德的重要资料，对于了解歌德的作品有很大的帮助。内容包括世界观和思想方法、文艺观、歌德对自己的作品分析三个方面。通过这些对话，歌德这位文化巨人身上的神秘面纱被揭去，使我们看到了他作为现实生活中普通人的一面。他的那句"理论是灰色的，唯生命之树常青"的箴言，那句"建筑是石头的史诗"的铭语，那句"政治家的乌兰德吃光了诗人乌兰德"的警句，那句"浪漫的是病态的"评价，那句"切莫抑制精神"的劝诫，那句"世界文学的时代即将到来"的预言，那句"掌握和描写特殊乃是艺术的生命"的教诲……以及他对于东西方文化差异的理解，对中国人和中国文学的好感，他对于基督教《圣经》的高度评价等，均见之于这本书。

【地位影响】《歌德谈话录》不是一本单纯的、秘书式的谈话记录，而是一部艺术作品，是一部可以列入世界文学经典宝库的著作。对专门的学者来说，《歌德谈话录》记录了歌德最成熟的思想，是研究他的一生的重要资料。而那些对歌德作品感兴趣的可以从中看到歌德本人对于自己作品中的评价。而对许多艺术学徒来说，本书可以被当做一部有关艺术创作的教科书。一位著名的德国歌德研究者认为，如果要把最有价值和最美的德国书开列出来的话，那毫无疑问，其中就会有这本书。这部书不能读一遍就搁置一旁，也不能做寻常读，而是要不断地读，不断地思考，不断地吸收。

我们老一辈走错路是可以原谅的，因为我们原来没有已铺平的路可走。但是对入世较晚的一辈人要求就要严格些，他们不应该老是摸索和走错路，应该听老年人的忠告，马上踏上征途，向前迈进。向着某一天终于要达到的那个终极目标还不够，还要把每一步骤都看成目标，使它作为步骤而起作用。

诗人的本领，正在于他有足够的智慧，能从惯见的平凡事物中见出引人入胜的一个侧面。必须由现实生活提供做诗的动机，这就是要表现的要点，也就是诗的真正核心。

阅读指导

智者的眼光

由爱克曼辑录的《歌德谈话录》被挑剔的尼采誉为用德文写出的最重要的散文。它真实地记下了歌德晚年最成熟的思想和实践经验，涉及哲学、美学、文艺理论、创作实践，以及日常生活和处世态度，字里行间透露出歌德的实践的眼光、艺术的眼光和世界的眼光，这三种眼光交相辉映，构成了歌德的智者之言，给人以精神的启迪、洗礼和提升。此书已列为教育部中学语文教学大纲课外阅读推荐书目之一。

读这本谈话录，一种"体味智者之言"的愉悦感和满足感会油然而生。歌德虽与我们有将近200年的时间距离，但歌德那些话语中闪耀着的智能和学理之光，总是跨越时空，穿透历史，驱除人的精神王国里的黑暗。先来说一说歌德的实践的眼光。歌德曾经说过，对于任何理论来说，实践是试金石。他借浮士德之口说出了"理论是灰色的，唯生命之树常青"的警句。他厌倦脱离实际的一切学问，告诫世人"人必须每天每日去争取生活与自由，才配有自由与生活的享受。"他说，真理并不是"上帝"恩赐给你的，而是靠你自己去独立地发现的。靠"上帝"赐给真理的人，在精神上仍然是个奴隶。他指出："所有时代的科学家都有一种心向，即认识生气勃勃的形成物，在联系中把握它们外在的、可见的和可以触摸的部分，把它们作为内在的东西的预兆加以接受，这样就能通过观察在一定的程度上掌握

整体。"

歌德的实践的眼光与他艺术的眼光是密不可分的。他强调艺术应以自然和现实生活为基础，他说，诗人要做的事，是根据由现实生活提供的动机，把有待表现的要点组织成为一个优美的、生气勃勃的整体。他认为，艺术创作活动绝非"天设"与"神授"。虽然他相信"天赋"和"天才"是艺术创作所不可缺少的条件，提出了"精灵"说，但他特别强调"精灵只显现于完全积极的活动力中"。其实，他是在告诉我们，"天才"只有在积极的创作活动中才能发挥作用。此外，歌德还着重提醒我们，要十分重视文化的传承，即继承前辈作家而超越之。他非常崇拜莎士比亚，但他又认为不能让传统的大艺术家、大作家"压垮"了自己的创造精神，应该在学习大家的同时，有所创新，提供艺术的精品。他有一个生动的比喻："莎士比亚给我们的是用银盘装的金苹果。我们通过学习他的作品得到了他的银盘，但我们装入银盘的只是土豆，这太糟糕了！"歌德领略了太多的人生与艺术生命的问题，他多次提到人格对艺术创作的至关重要的作用。他说："作家本人的人格较之他的艺术才能对读者要起更大的影响"，"一些个别的研究者和作者人格上的欠缺，是我们当今文学界一切弊病的根源。"与此相联系，歌德主张寓知识于娱乐，用真正伟大和纯洁的东西去影响和教育读者，"凡是病态的、委靡的、哭哭啼啼的、多愁善感的，以及恐怖的、令人毛骨悚然的、伤风败俗的东西，都一概排除。"歌德这些平凡而极有深意的话，犹如一股清泉那样沁人心脾，这是因为许多至今还困扰着我们的问题，似乎早就被他审视过、回答过了。

在《歌德谈话录》中，歌德开阔的世界眼光也十分耀眼夺目。他多次提到"世界文学"这一概念，在他的心目中，世界文学有两层含义：欧洲范围内的世界文学，世界范围内的世界文学。他不仅主张欧洲两种对立的流派，即古典派和浪漫派之间的结合，而且十分关心东西方文学的结合。当时许多西方人把中国人看成"另类"之人，而歌德在谈到中国的一部长篇小说（可能是《风月好逑传》）时却说："中国人在思想、行为和情感方面几乎和我们一样，使我们很快感到他们和我们是同类人，只是在他们那里一切都比我们这里更明朗、更纯洁，也更合乎道德。"在他看来，善、高尚和美是超地区和超国度的。因此他说："我愈来愈相信，诗是人类共有的精神财富。民族文学在现在算不了什么，世界文学的时代已快来临了。"在歌德说这番话的 21 年后，马克思、恩格斯在《共产党宣言》中也提出了

"世界文学"的概念。歌德不仅以世界的眼光审视人类文化的开放性，而且以世界的眼光预示全球地理文明的发展。就在1827年，他期望开凿巴拿马运河，打通从大西洋到太平洋的最近航道；把多瑙河与莱茵河连接起来；开凿苏伊士运河，缩短从西欧到印度洋的航程。在他逝世以后，他的预见都化为现实。

歌德充满实践的眼光、艺术的眼光和世界眼光的思想，曾给予老一代的文学家和艺术家以极大的精神力量。我想，现在每一位认真读一读《歌德谈话录》的读者，也会得到精神的升华。（赵鑾生）

名家导读

如果撇开歌德的文章，尤其是《歌德谈话录》，那在德国散文作品中还剩下什么值得一读再读的书呢？

——德国哲学家　尼　采

很难说歌德对中国作家或诗人产生过什么实质性的影响，即对他们的写作本身产生影响。在这方面歌德不如荷尔德林、里尔克。歌德的影响是东一点西一点的而不是集中性的。也可以说歌德太完美了以至于很难模仿……对中国当代作家或诗人来说，歌德只是一个名义的存在。人们尊重歌德，但歌德很难对他们的写作产生影响。但我依然认为，每过若干年，读《歌德谈话录》和《浮士德》对每个写作者来说不无益处。

——著名诗人　王家新

歌德对我们来说，是一个很久远的作家，属于另一个时间和空间。他创造的作品，无论诗歌、小说、戏剧，现在都似乎不能引起我重读的愿望，假如我曾经读过的话。这或许因为经过这么多年的变迁，他作品的创作风格、创作语言和创作技术已不再能引起我的阅读兴奋。然而他对待文学的态度，却让我深深受启发。比如那本《歌德谈话录》，我经常要翻一翻。他把文学与其他门类的艺术相提并论，他思考作家的才能问题，他研究文学和社会的关系。他那些主要的文学观都是激动人心的，是应该由我们这些后人倍加珍惜的文学观。所以对待像歌德这样的文学前辈，我们要接受我们能够和应该接受的部分，而不要人云亦云，以为古代的东西什么都好。文学创作和考古是两码事。

——著名作家　吴晨骏

爱克曼也是个诗人，出版过诗集，但他的诗名却一直鲜为人知。他在世界闻名全因为这部《歌德谈话录》。尼采的挑剔是出了名的，然而他把这部书誉为用德文写出的最重要的散文。

——著名学者 王文湛

歌德的智者之言

在今年寒假里，我阅读了一些国内外的名著，让我印象比较深的就是这本《歌德谈话录》。我曾经听过这样一句话："歌德的诗意就像一道金色的光线，它铺展在田野上，虽然并不那么耀眼夺目，但它的光辉却是无处不在。"在我读这本书的时候就一直有这样的感觉，我觉得歌德是一个理性与感性兼具的作家。

在我们的意识中艺术有两种表现方式：一种被称作现实主义，另一种则叫做浪漫主义。在歌德的谈话中，这两种艺术形式（以诗歌为例）分别被叫做素朴诗和感伤诗。歌德认为，无论采取任何一种艺术形式，对现实的理解还是最重要的。也正是由于这个原因，歌德说自己的诗大多是"即兴诗"——这种诗的写作方式是，从来不去刻意创造出一首诗，而是根据自己人生的遭遇和一时的情感来写作，只有这样的诗才能够保持某种自然的活力。从这里我觉得歌德是一个很感性的作家。

但是，从另一个出发点来说，歌德又同时是一个理性的人。他说，看一个人是否富有创造力，不能只看作品的数量。一个人的天才要表现在作品影响的长久性上，而不能只看一时的名声。只有对事物有了真正深刻的理解，有价值的写作才能开始……这里就不难看出歌德并不是那种"随大流"的作家，而是有着自己独到的见解，凭借这点，也不难看出歌德写作有自己的方法，并不是当时社会上对哪些文章大加褒扬就写哪种文章，看得出歌德是一个对艺术无限忠诚又理性的作家。

《歌德谈话录》使我对艺术、对人生的看法都有着难以磨灭的改变，使我对生活有了一种新的看法，我不得不佩服歌德的想法是多么的与众不同，是多么的令人震惊！（杨　怡）

阅读《歌德谈话录》虽然对中学生来说有难度，但它的确是一部名著。它比较真实地记录了歌德这位在西方产生深远影响的近代资产阶级文化顶峰及代表人物的晚年思想。读完本书后，你觉得本书对你来说有什么助益呢？

复 活

列夫·托尔斯泰（1828～1910）是 19 世纪末到 20 世纪初俄国伟大的批判现实主义作家，列宁称他是一个"强烈的抗议者、激愤的揭发者和伟大的批评家"，是"俄国革命的镜子"，认为他"创作了世界文学中第一流的作品"。

列夫·托尔斯泰 1828 年 8 月 28 日出生在俄国的一个古老的贵族家庭，1840 年入喀山大学，受到卢梭、孟德斯鸠等启蒙思想家的影响。1847 年退学回故乡在自己领地上做改革农奴制的尝试。1851～1854 年在高加索军队中服役并开始写作。1852 年发表处女作《童年》，与后来写就的《少年》和《青年》构成了自传体三部曲。1854～1855 年参加克里米亚战争。几年的军旅生活不仅使他看到上流社会的腐化，而且为以后在其巨著《战争与和平》中能够逼真地描绘战争场面打下基础。1855 年 11 月到彼得堡进入文学界，其作品几乎每一部都在世界文坛上占据着第一流的地位，是俄罗斯社会生活的宏伟史诗。1860～1870 年先后完成了长篇小说《战争与和平》和《安娜·卡列尼娜》，这两部作品为他赢得了世界一流作家的声誉。特别是 1889～1899 年创作的长篇小说《复活》是他长期思想、艺术探索的总结，也是对俄国社会批判最全面、最深刻、最有力的一部著作，成为世界文学史上的不朽名著之一。

托尔斯泰继承了俄国及欧洲批判现实主义的优良传统，通过自己创作的不断突破，通过大量哲理、道德、宗教和历史问题涵盖了广阔的艺术表现领域，将这一伟大的文学流派推至巅峰。托尔斯泰晚年力求过简朴的平

民生活，1910 年 10 月从家中出走，11 月 7 日病逝于一个小站，享年 82 岁，一代文学巨匠走完其人生旅程。

俄国作家列夫·托尔斯泰，是一位难以超越的文化大师。大师辞世后的今天，他的作品仍以无限的生命力影响着世界。列宁称他是一个"强烈的抗议者、激愤的揭发者和伟大的批评家"，是"俄国革命的镜子"，认为他"创作了世界文学中第一流的作品"。

《复活》是托尔斯泰晚年最重要的作品。男主人公聂赫留朵夫对人民苦难的同情，对本阶级罪恶的忏悔，以及在忏悔过程中的矛盾、彷徨，既概括了当时一部分进步的贵族知识分子的精神状态，也反映了作家本人的思想矛盾。女主人公卡秋莎·玛丝洛娃的形象已经越出了当时一般作家用同情的笔调描写下层人民不幸遭遇的格局，而是深刻地表现了下层人民不可摧毁的坚强意志。同时，《复活》也显示了托尔斯泰"撕下一切假面具"的决心和彻底暴露旧世界的批判激情。小说对沙俄的法律、法庭、监狱，以及整个国家机器和官方教会，都给予了无情的抨击。为此，托尔斯泰遭到当局和教会的迫害，还被革除教籍。然而，托尔斯泰在人民中获得了越来越高的声誉。

《复活》在我国自 20 世纪初至今已出版过六种译本，20 世纪 30～40 年代先后有戏剧家田汉和夏衍改编的同名剧本的发表和上演，作品和它的主人公已成为我国读者和观众极为熟悉和喜爱的人物形象。

阅读重点

作者通过细致入微的心理描写、鲜明的对比，辛辣的讽刺手法和艺术结构的缜密，使本书成为世界文学史上的不朽名著之一。

书海导航

【写作背景】1887 年 6 月，法院检察官柯尼拜访托尔斯泰，讲了一个真实的故事：一个叫罗扎丽·奥尼的妓女被控告偷了醉酒的嫖客 100 卢布，因此被判四个月监禁。陪审员中有一个上流社会的青年，发现罗扎丽原是他一个亲戚家的养女。几年前，他诱奸了这个姑娘，她怀孕后被赶出门。后来姑娘生了孩子，孩子被送进育婴堂，姑娘沦落为妓女。那青年良心发现，

表示愿意同女犯结婚以赎罪。不幸那女犯在狱中死于斑疹伤寒。这个故事使托尔斯泰很受震动，他决定以此为题材写一部小说。

托尔斯泰于1889年动笔，先后六易其稿，前后历时十年之久。托尔斯泰在这十年中参观了许多监狱，到法庭旁听，接触了不少囚犯、狱吏，他还到农村调查，不断地深入观察，深入思考。他把自己的观察和思考所得、融会在《复活》的艺术形象之中。

【内容精要】《复活》描写了一个天真的农村姑娘玛丝洛娃被贵族青年聂赫留朵夫诱奸后遭到遗弃以致沦落为娼妓，后来又被诬陷为杀人犯，被判流放西伯利亚的故事，表现了聂赫留朵夫和玛丝洛娃的精神和道德的"复活"过程。小说真实地反映了俄国由封建社会向资本主义社会过渡时期的社会矛盾，揭露了封建统治阶级骄奢淫逸的生活，反映了人民在政治上、经济上所遭受的种种迫害，空前猛烈地批判了贵族地主资产阶级社会的专制制度，指出了那个时代最迫切、最重大的社会问题，深刻地反映了资产阶级革命前夕下层人民的情绪、愿望和他们所进行的斗争。

《复活》是托尔斯泰晚期的代表作。这时作家世界观已经发生激变，抛弃了上层地主贵族阶层的传统观点，重新审查了各种社会现象，通过男女主人公的遭遇淋漓尽致地描绘出一幅幅沙俄社会的真实图景：草菅人命的法庭和监禁无辜百姓的牢狱；金碧辉煌的教堂和褴褛憔悴的犯人；荒芜破产的农村和豪华奢侈的京都；茫茫的西伯利亚和手铐脚镣的政治犯。托尔斯泰以最清醒的现实主义态度对当时的全套国家机器进行了激烈的抨击。

【地位影响】列夫·托尔斯泰在《复活》中显示了卓越的艺术才能。细致入微的心理描写，鲜明的对比、辛辣的讽刺手法和艺术结构的周密，使《复活》成为世界文学史上的不朽名著之一。

托尔斯泰在情节安排上一向尊重情理，从不生造偶然巧合或误会冲突，但又注意曲折细腻，引人入胜。这种创作特色在《复活》中可说达到了高峰。列夫·托尔斯泰曾诙谐地对一个朋友说："如果我是沙皇，我就要颁布一项法令，作家要是用了一个自己不能解释其意义的词，就要剥夺他的写作权利，并且打一百棍。"托尔斯泰是言行一致的，他的《复活》几乎每一个章节都进行了反复的修改。《复活》不愧是一部史诗，一部19世纪俄国生活的百科全书。

一部伟大的艺术杰作

托尔斯泰写《复活》前后花了10年。当时他已进入老年，世界观已发生激变，他彻底否定了沙皇制度，而俄国社会当时正处于山雨欲来风满楼的大革命前夜。

托尔斯泰在创作《复活》上所花费的心血是惊人的。他为此特地参观了莫斯科和外省的许多监狱，上法庭旁听审判，接触囚犯、律师、法官、狱吏等各种人物，深入农村调查农民生活，还查阅了大量档案资料，进行分析研究。

托尔斯泰把女主人公卡秋莎·玛丝洛娃定为全书的枢纽，着力塑造这个艺术形象，使她在俄国文学和世界文学人物画廊中大放异彩。卡秋莎·玛丝洛娃是个平民女性，是俄罗斯人民中的普通一员。她身上反映了下层人民的朴素、纯洁和善良，也表现出不合理社会对她的肆意蹂躏和残酷迫害。她的一部血泪史是对统治阶级最有力的控诉和最无情的鞭笞。托尔斯泰塑造卡秋莎·玛丝洛娃确是煞费苦心的。小说一开始，作者就让她进入一个五光十色的生活的万花筒。形形色色的人物都跟女主人公联系起来，有的用语言，有的用目光，有的用行动，有的用意念。这种千丝万缕的联系，不仅烘托出人物的形象，而且浓郁地透射出时代特征和社会气氛。一方面是令人窒息的无穷苦难，一方面是灵魂糜烂的荒淫与无耻！

托尔斯泰在情节安排上一向尊重情理，从不生造偶然巧合或误会冲突，但又注意曲折细腻，引人入胜。这种创作特色在《复活》中可说达到了高峰。

在《复活》中，男主人公聂赫留朵夫的艺术形象在地位上仅次于卡秋莎·玛丝洛娃，但从揭示小说主题来看，他是全书的关键人物。《复活》不是一部单纯描写个人悲欢离合的小说，而是一部再现1905年革命前夜俄国社会面貌的史诗。托尔斯泰凭着他高超的艺术手法，浑然天成地将前后判若二人的聂赫留朵夫统一起来。

卡秋莎·玛丝洛娃和聂赫留朵夫最终未能成为眷属，男女主人公的这一结局，托尔斯泰是经过反复思考才确定的。作者和所有善良的读者一样，衷心希望历尽苦难的卡秋莎最后能获得幸福，也希望洗心革面的聂赫留朵夫能如愿以偿，因为大家看到他对卡秋莎的爱是那么真挚，那么深沉，称

得上是"苦恋"。但是，托尔斯泰作为现实主义的大师，他的创作信条是："艺术家之所以是艺术家，全在于他不是照他所希望看到的样子来看事物。"一句话，在艺术里不能撒谎。

《复活》确是一幅触目惊心的人民受难图。托尔斯泰在这里提出尖锐的问题：人民的苦难是怎样造成的？谁是罪魁祸首？人民怎样才能过上好日子？

托尔斯泰探索卡秋莎·玛丝洛娃和全体苦难人民不幸的根源，发现罪魁祸首就是沙皇制度，就用锐利的笔锋进行无情的揭发。法庭审理玛丝洛娃是一出十足的讽刺剧。庭长急于同情妇幽会，心不在焉，只想赶在6点钟以前草草收庭。法官因为一早跟老婆吵架，老婆威胁不给他饭吃，开庭后他始终为此事忧心忡忡。而那个一心跟玛丝洛娃作对的副检察官是个无耻的好色之徒，又是个无可救药的蠢货。陪审员们（包括当时的聂赫留朵夫在内）也是一伙没有头脑、没有责任心的老爷。就是这样一批混蛋造成了玛丝洛娃的冤案，也使许多无辜百姓坐牢甚至送命。

总之，沙皇专制和官方教会是完全建筑在对人民的压迫和欺骗之上的。他们虐待人，折磨人，审判人，惩办人，杀害人。无辜的人民遭殃，他们无动于衷，一心要清除他们心目中的危险分子。他们不但不会宽恕他们认为有罪的人，而且不惜冤枉大量无辜的人。事实上，他们宁可惩罚千百个没有危险的人，以便除掉一个他们心目中的危险分子。这是一种多么残酷的统治术！

《复活》结尾引用了大量《圣经》章节，这反映托尔斯泰晚年一方面彻底否定沙皇制度，同上流社会决裂，另一方面他在精神生活上极端苦闷，找不到一条出路，在无可奈何的情况下不得不从他长期矛盾的宗教观中寻求慰藉。这是托尔斯泰——19世纪最复杂的伟人——的大悲剧。但即使有这样的结尾，也无损于《复活》这部艺术杰作历久不衰的夺目光辉。（草 婴）

19世纪俄国生活的百科全书

《复活》是列夫·托尔斯泰三大代表作中最晚成书的一部，被认为是托尔斯泰创作的"最高的一峰"。它没有《战争与和平》史诗般的恢弘气魄和明亮的诗意，没有《安娜·卡列尼娜》的波澜与不安的骚动——它，完全体现了一位伟人暮年心灵的稳健和悲天悯人的大气！

本书中，作家目光的犀利、描绘的精确、笔力的雄浑达到一个空前的

高度。这与作品内容的严肃性是相符合的。面对人类的苦难，作家保持了高超的镇静，然而读者却不得不为见到的景象而深受震动。托尔斯泰在这里的挖掘比以往都要深。可以说整个俄国都被他翻了出来。他再现的艺术世界已经达到可作为一面"镜子"的程度，伟大而真实！评论家斯塔索夫赞誉道："整个19世纪还不曾有过这样的作品。它高于《悲惨世界》，因为这里没有一点幻想的、虚构的、编造的东西，全都是生活本身。"正因为作品除去了浪漫主义的委靡因素，因而整个显出了威力，如同米开朗琪罗的雕塑一般。然而这不是一座普通的雕塑，而是一座宏伟的纪念碑。它把19世纪末整个俄国的现实熔铸进去，上面刻有穷人、贵族、狱吏、监犯、革命者、医生、妓女、学生、农民、商人、律师、法官、教士……里面混合了忏悔、怜悯、感恩、真挚、热情、宽容；无耻、欺诈、放荡、侈靡、冷酷、自私、凶残……作者在书中唱出了人类艺术最崇高的歌："我们为不幸者撒一掬泪，人世的悲欢感动我们的心。"

托尔斯泰早、中期的作品有着灵魂的骚动，这主要在于他世界观的动摇。然而到了晚年，他自己已有了一套安抚灵魂的药方，即所谓的"托尔斯泰主义"。尽管其中的消极观点向来为人们所批判，但其思想的内核仍出于人道主义，而非像一些人所认为的是基督教的教义。因此许多人认为其中最后几章的说教是与整个作品不和谐的，仿佛是作者硬塞进去似的。对此我不敢苟同。说它削弱了作品的批判力度是有道理，说它破坏了作品的艺术性则是虚妄。我们应当尊重作者的意愿：他无意要把它写成一部张牙舞爪的书，尽管它也是对沙皇宝座的一次异常勇敢、异常有力的抨击。也许正因为它是以这种悲天悯人的气势写出来的，才显得更具感染力。

确实，当我们打开这本书时，不禁感受到有一种心灵的复活——人类最美好的感情的复活！即使是当代，许多人也许正在悄然地埋葬自己这些美好的感情却毫无所觉。在这种时候，我们需要的不正是《复活》这样的作品来唤醒沉睡的心吗？正如花草需要春天的甘霖才能长出新绿，人类需要博爱与同情才能继续不息，日进无疆。抑或这就是使《复活》不朽的原因！

《复活》里写的虽然是贵族的忏悔，但是托尔斯泰并不是把这个母题当做贵族的专利，他是把忏悔放在人的心灵的内在的、普遍的矛盾中展开的。人都有神性和兽性。当人放纵了自己，就可能堕落；而当人自觉，就可能"复活"，所以托尔斯泰主张以"道德的自我完成"来改变社会的不平等和罪恶。

在社会革命激烈的时代，他提倡"勿以暴力抗恶"，是反对阶级斗争的。但是，作为人类寻求精神解放的一种文献，在我们这个把道德的自我完善当成笑话的时代，读这样的书，也许会引起某种惭愧的感觉。（佚 名）

列夫·托尔斯泰是公认的世界最伟大的小说家之一。与他齐名的可能只有英国的狄更斯、法国的巴尔扎克。依我之见，他比狄更斯、巴尔扎克更伟大。他是个人道主义者和和平主义者。他的杰出小说《战争与和平》、《安娜·卡列尼娜》、《复活》，既是反映俄国社会生活的史诗，又是剖析人性和人类文明悲剧的哲理之作。

——著名学者　赖洪毅

我感觉托尔斯泰的确了不起，他笔下《复活》中的妓女玛丝洛娃给人一种圣洁之感，而我们有些小说的所谓"圣洁女性"形象却给人卑琐之感。这就看出大师与普通作家之间的差别了。

——著名作家　迟子建

《复活》是总结人生的作品，它把人心里肮脏的东西都拿出来了，人内心很复杂，好人和坏人、善与恶都很复杂。

——著名翻译家　高　莽

《复活》是歌颂人类同情的最美的诗、最真实的诗，书中体现了卑劣与德性，一切都以镇静的智慧与博爱的怜悯去观察。

——法国作家　罗曼·罗兰

青春感悟

个人道德的自我完善

18 至 19 世纪俄罗斯有一些大名鼎鼎享誉国际文坛的作家，比如果戈理、赫尔岑、车尔尼雪夫斯基、陀思妥耶夫斯基、谢德林和托尔斯泰等，他们所描述的一幅幅那个时代的俄罗斯社会生活画卷是多么的引人入胜和令人流连忘返！在这些俄罗斯文学巨匠中，最让人倾慕的当属托尔斯泰了，他笔下所刻画的人物一个个是如此的生动鲜明，让你感觉到就好像是发生在身边的人和事。前几天偶有空闲，信手再翻开《复活》一书，很快就为小说里熟悉的章节和人物所吸引，抚卷沉思，不由得浮想联翩。

《复活》之所以能够感动人，就是因为它揭示了人的道德的自我完善和做人良心的问题。聂赫留朵夫曾是那个贵族社会中放荡不羁的一员，在他的良心发现之前，他过的是一种纸醉金迷的生活，他认为这是必然的也是应该的，也正是他的这种自以为是害了玛丝洛娃，断送了一个美丽善良的姑娘的美好前程，并最终导致其审入狱。而在聂赫留朵夫为玛丝洛娃四处奔走的同时，他更多地接触了俄罗斯下层人民，了解到了他们的苦难和艰辛，这又让聂赫留朵夫得以进一步反省自己过去的道德观，小说也借此从社会和个人的道德角度对政府、法庭、监狱、教会、土地私有制和资本主义制度做了深刻的批判，也让每一个读者思考个人道德和社会道德之间的关系，思索怎样来进行个人道德的自我完善。

"人之初，性本善。"这是一句刚上学的小学生都知道的中国古话，它很形象地说明了每一个人的道德观不是在天生就有的，而是在一个人以后的教育和发展中自然形成的。个人道德的好坏，完全取决于一个人对社会各种事物进行分析研究后而形成自己特有的道德观。聂赫留朵夫尚能觉醒反悟，为什么我们现代社会里的一些人却是如此的冥顽不化？我想，一个人的道德观是受多种因素影响的，而个人道德又和社会道德相辅相成，社会道德水准的好坏决定了个人道德素质的高低。所以全社会的舆论机器都应该开动起来，大力弘扬正气，鞭打落后。现在已经很少有人再提及"雷锋精神"了，相反某些地方还出现了问路给钱的做法，一些媒体还对此予以肯定，加以赞同，这究竟是我们道德水准的提高呢还是落后？让人百思不得其解。（佚　名）

思　考

卡秋莎·玛丝洛娃和聂赫留朵夫最终未能成为眷属，究竟符合不符合生活的真实？为什么卡秋莎拒绝聂赫留朵夫的求婚？她究竟有没有原谅聂赫留朵夫，甚至重新爱上聂赫留朵夫？这些问题在《复活》问世时就引起读者和评论界的关注，一直众说纷纭。这种"探讨不尽"的情况既反映作者的构思不落俗套，也显示出真正艺术品的强大魅力。你认为卡秋莎是否原谅了聂赫留朵夫呢？为什么？

麦田里的守望者

　　杰罗姆·大卫·塞林格，美国小说家。1919年1月1日生于美国纽约市，父亲是个犹太富商。塞林格15岁时被父母送到一个军事学校住读，其名作《麦田里的守望者》中关于寄宿学校的描述很多是以该校为背景的。1936年毕业后，塞林格于1937年去波兰学做火腿，不久回国继续读书，先后进了三所学院，都未毕业。1942年从军，经一年多专门训练后，被派赴欧洲做反间谍工作。

　　1946年塞林格复员回到纽约，专门从事写作。早在军校读书时，塞林格即练习写作。1940年发表处女作，到1951年出版长篇小说《麦田里的守望者》止，十多年中他曾发表短篇小说20多篇。《麦田里的守望者》出版后，塞林格一举成名。此后他隐居新罕布什尔州一座乡间小屋中，成为著名的遁世作家。从《麦田里的守望者》出版后，他写作的进度越来越慢，十年只出版三个中篇和一个短篇，后来甚至不再发表作品。偶尔有幸见过他的人透露说，他脸上已"显出衰老的痕迹"。他业已完成的作品据说数量也很可观，只是他不肯拿出来发表。不少出版家都在打他的主意，甚至在计划如何等他死后去取得他全部著作的出版权。

　　塞林格作品的杀伤力，在当代世界文学中堪称无与伦比，但其扑朔迷离的生活似乎更令人瞩目。几十年来，这位天才每天躲在一间仅有一扇天窗的斗室内写作。他的住所外筑高墙，布满铁丝网，所有手稿均存放于"一间屋子大小的保险库"里。他的特立独行，令无数热心读者、仰慕者和记者们一筹莫展。这位花了将近半个世纪逃避世俗追逐的人，不久前再次成为新闻人物：当索斯比拍卖行准备拍卖塞林格30年前写给情人乔伊丝·梅纳德的14封情书之际，买主彼德·诺顿，一位来自加州的退休电脑软件工程师，深察塞林格维护隐私的心愿，不惜以15.65万美元天价购下书信并如数奉还作者。这个奇迹让无数引颈翘盼者再一次失望。塞林格在世人的心目中更像一个谜。

在世界文学宝库中，有这样一批遗世独立的不朽巨著，它们言人所不敢言，与传统价值观大相径庭，以令社会大众心惊肉跳的反传统、反道德思想为主题，对人类自身难以启齿的种种丑恶心态与窘困处境给予了无情的揭露和真切的关注，这就是与经典名著交相辉映的另类名著。这些另类名著以振聋发聩的声音，全面质疑时代的价值标准，曾经批判了一个时代，震撼了一个时代，颠覆了一个时代！《麦田里的守望者》就是这样的一部作品！

不久以前，英国《卫报》根据书店销量研究公司的资料，列出英国人最喜爱的20世纪20本经典小说，荣登榜首的是《麦田里的守望者》。这是一本可以让人一口气读完而掩卷沉思的书，从第二次世界大战结束到今天，它经历了当代美国文学界的评判和历史的淘洗，已毫无争议地成为现代美国文学乃至世界文学的经典。小说一问世，立即引起轰动，特别受到大、中学生的热烈欢迎。他们纷纷模仿主人公霍尔顿的装束打扮，讲"霍尔顿式"的语言，因为这部小说道出了他们的心声，反映了他们的理想、苦闷和愿望。一时大、中学校的校园里到处都模仿小说主人公霍尔顿——他们在大冬天身穿风衣，倒戴着红色鸭舌帽，学着霍尔顿的言语动作。甚至在20世纪60年代初期，外国学者只要跟美国学生一谈到文学，他们就马上提出了《麦田里的守望者》。

阅读重点

小说以一个青年的口吻叙述了自己的言行见闻，作者以这个青少年的眼光批判成人世界，以细腻深刻的笔法剖析了主人公的复杂心理，描写了一个中产阶级子弟的苦闷、彷徨的精神世界，真实地揭露了资本主义社会精神文明的实质。

书海导航

【写作背景】15岁时，塞林格被送到远离家乡的一个军事学校寄宿。军校生活几乎占据了他全部的青春期，在《麦田里的守望者》里，我们可以看到这段漫长而难以磨灭的痛苦经历的烙印。塞林格青年时代曾四处游学，先是在父亲的命令下去波兰学习宰猪，后来几次在美国大学里听课，却似乎一事无成。1942年后，随着第二次世界大战的白热化，塞林格迅速成为一名训练有素的反间谍人员，前往欧洲。"二战"结束后，重返纽约的他才

开始专门埋头写作，1951 年《麦田里的守望者》一经发表，就成为畅销书。

【内容精要】《麦田里的守望者》被《时代周刊》称为现代文学十大经典之一。小说以细腻的笔触描写了一个中产阶级子弟的苦闷、彷徨的精神世界，真实地揭露了资本主义社会精神文明的实质。

小说的主人公霍尔顿是一个内心充满矛盾的青少年。作者便以这个青少年的眼光批判成人世界，以细腻深刻的笔法剖析了主人公的复杂心理，不仅抓住了青少年的心理特点来表现主人公的性格，而且也抓住了他的理想与现实相冲突这一心理加以分析，从而霍尔顿这个自然成长的反叛者的形象变得生动立体了。小说以一个青年的口吻叙述了自己的言行听闻，不仅让人读来亲切感人而且感到真实。

霍尔顿是出身于富裕中产阶级的 16 岁少年，在第四次被开除出学校之后，不敢贸然回家，只身在美国最繁华的纽约城游荡了一天两夜，住小客店，逛夜总会，滥交女友，酗酒……他看到了资本主义社会的种种丑恶，接触了各式各样的人物。霍尔顿这个形象具有鲜明的时代特征，是美国 20 世纪 50 年代众多反叛英雄的典型代表，然而霍尔顿的反叛没有任何功利目的，是一种出于其自身本能与自发的反叛，是为了维护其本性、抵制世俗虚伪侵蚀而进行的一种反叛。在霍尔顿看来，他所生活的世界里只有妹妹那样单纯而又自由自在的孩子才值得羡慕，而成人社会里全是"假仁假义的伪君子"，没有一个人值得信任。

霍尔顿几乎看不惯周围发生的一切，他甚至想逃离这个现实世界，到穷乡僻壤去假装一个又聋又哑的人，但要真正这样做，又是不可能的，结果他只能生活在矛盾之中。他这一辈子最痛恨电影，但百无聊赖中又不得不在电影院里消磨时间；他讨厌虚荣庸俗的女友萨丽，却又迷恋她。因此，他尽管看不惯世道，却只好苦闷、彷徨，用种种不切实际的幻想安慰自己，自欺欺人，最后仍不免对现实社会妥协，这可以说是作者塞林格和他笔下人物霍尔顿的悲剧所在。

【地位影响】《麦田里的守望者》虽然只有十几万字，它却在美国社会上和文学界产生过巨大影响。塞林格这本薄薄的《麦田里的守望者》影响了几代美国青年，大概也影响了不止一代中国青年，被认为是美国文学中的"现代经典"，在世界文学中也算得上"现代经典"。本书从 20 世纪 80年代初译成中文以来，已有多种版本多次印刷，长销不衰。

《麦田里的守望者》出版后引起极大争议，在战后美国文学中，被视为最具争议性的"现代经典"之一。有人认为它可使青少年增加对生活的了解认识，认清现实社会中的丑恶现象，从而使他们能选择一条自爱的道路，同时也可以增进老师、家长们对青少年的理解，从而更好地关心他们的成长，因此许多学校将其列为必读书目；相反，有人则认为这是一本坏书，会给广大青少年以不良的影响，因此另一些学校则明令禁读。虽然双方各执己见，然而50多年过去了，这本书已经风行全世界，时间证明，《麦田里的守望者》不愧为美国文学中的"现代经典小说"，在青少年中的影响尤为深广，是美国几代青少年极为珍爱的读物。其初版已成为收藏家的珍品，而几乎成为"玩世不恭"代名词的主人公霍尔顿亦为美国乃至世界文学宝库中的经典形象之一。

华文精选

不管怎样，我老是在想象，有那么一群小孩子在一大块麦田里做游戏。几千几万个小孩子。附近没有一个人——没有一个大人，我是说——除了我。我呢，就站在那混账的悬崖边。我的职务是在那儿守望，要是有哪个孩子往悬崖边奔来，我就把他捉住……

一个不成熟的男子的标志是他愿意为某种事业英勇地死去，一个成熟男子的标志是他愿意为某种事业卑贱地活着。

阅读指导

悬崖边的守望

这是本可以让人一口气读完而能掩卷沉思的书。也有另一种可以让人一口气读完的书，读完后你就会把它抛到九霄云外，难再忆起。而《麦田里的守望者》却不是，它总能让人心有所动。

《麦田里的守望者》最先展示给我们的，是那个叫做潘西的学校。在霍尔顿看来，它身上没有丝毫可爱之处。校长是道貌岸然的，老师也不是受人尊敬的。就是那些住宿生也个个沾染着恶习，他们不爱读书，以为读书的目的不过是为了"出人头地，以便将来买辆混账凯迪拉克"。阿克莱和斯特拉德莱塔是霍尔顿周围的另外两名"坏学生"，阿克莱性格古怪，不讲究

卫生，"那副牙齿像是长着苔藓似的，真是脏得可怕，你要是在饭厅里看见他满嘴嚼着土豆泥和豌豆什么的，简直会使你他妈的恶心得想吐"；他喜欢刺探别人的隐私，性格乖戾，总喜欢让人把一句话重复两遍说给他听，可见其内心世界的百无聊赖。而斯特拉德莱塔无论做什么事都匆匆忙忙的，老是魂不守舍的样子，让人觉得他总在忙着什么大事。然而他忙的不是学业，而是与女朋友的约会。为了这，他求霍尔顿为自己完成一篇作文，还借用他的狗齿花纹上衣把自己装扮起来去赴约。通过这些描写我们仿佛看到了潘西的生活景象：古板而愚钝的教师；行色匆匆、玩世不恭的学生；肮脏零乱散发着酸臭气的寝室。

虽然小说中没有对潘西天空的描写，但我们却不由自主地把潘西上空的天理解为阴霾满布的天。在读者心目中，有罪的已不是霍尔顿、阿克莱和斯特拉德莱塔了，有罪的倒是潘西了。潘西怎么了？潘西的教育究竟失败在哪里？从狭义上讲，潘西也可以看做是美国社会的一个缩影。对潘西的诘问从某种意义上来讲，也就是对整个生存环境的诘问。

霍尔顿是无忧无虑的，却又是心事重重的。他怀抱着理想，看不惯周围的一切，然而他所进行的，只是趣味性的反抗。他撒谎，恶作剧，张口"他妈的"，闭口"混账"。他被开除出校后，不敢回家，只能在纽约的大街上闲逛。空虚无聊的他喝酒，抽烟，看电影消磨时光。他倒戴鸭舌帽，在旅馆叫来妓女，被妓女和皮条客合伙欺诈。在这一情节的设置中，霍尔顿忽然变得可爱起来。霍尔顿是邪恶的，却又是纯洁的。他的纯洁并非建立在对邪恶的自觉认识上，而是少年期的天然纯洁本质所决定的，从这点来说，霍尔顿还是有救的。

霍尔顿其实是个认不清自己的人，他把握、驾驭不了自己，尤其是周围五光十色的世界向他发出种种诱惑时，霍尔顿总能陷入泥淖。他又是茫然的，他能把冷水龙头开了又关，觉得腻烦了，就即兴跳起踢踏舞。他还能突然生出摔跤的念头。所有这些不正常的心理动因，都与霍尔顿的敏感、聪明、优裕家境与沉闷的校园生活有关。如果他家境贫寒，那么流落街头的霍尔顿首先遇到的就是温饱问题，它会牵制主人公的所作所为。而温饱问题一旦不存在，霍尔顿的精神世界才一下子变得格外张扬、饱满起来。他愤世嫉俗、郁郁寡欢，撒谎，酗酒，也怀恋昔日的女友。他认为自己"天生是个败家子，有了钱不是花掉，就是丢掉。有多半时间我甚至都会在饭馆里或夜总会里忘记拿找给我的钱"。这样看来，霍尔顿俨然是一个游手

好闲的阔少爷形象了。这种时候，你也许会指责是物质的丰富戕害了霍尔顿的灵魂，但是转而一想，如果没有丰富的物质生活，灵魂是不是能得以存在？我们似乎又能理解和原谅主人公的所作所为了。

读《麦田里的守望者》时，你会有种酣畅淋漓的快感。因为故事风趣、生动，每每有恶作剧发生，伴之以我们不常说出口而常在心里骂着的粗俗俚语，读者也仿佛把胸中的郁闷一吐为快了。这也是这部小说一经问世便一版再版、轰动全世界的一个原因。

决定充当麦田守望者这种杞人忧天似的想法，深深地道出了主人公内心的善良，对这世界永久的忧虑和内心世界的纯洁。作为一个守望者，霍尔顿必须彻夜守望在悬崖边。而真正要坠落在悬崖下的，也许不是那些他为之担忧的孩子，而是他自己。守望者从某种意义上来说也就是自省者。能有自省意识，对于一个处于青春期的少年来说，是件难能可贵的事。霍尔顿的形象因这个意象而变得异常丰满起来，小说的艺术感染力也因此而变得强烈。当然，这种以第一人称玩世不恭的口吻叙述的故事只适合于一个少年的经历。塞林格准确而幸运地使用了这一轻松文体，大获成功。然而这种叙述口吻往往是一次性消费的纸巾，把它纳入别的领域，作家的才华便会显得捉襟见肘。这也许是塞林格自此以后很难再写出能与《麦田里的守望者》相媲美的作品的一个原因。（迟子建）

名家导读

当《麦田里的守望者》初出版时，虽然书评极佳，我对这类少年自述生活小说根本没有兴趣。经过朋友怂恿之后，我好奇地向朋友借阅，翻了第一页，就不能释手，聚精会神地把它一口气读完（我14岁的女儿也有同感）。这是一种很难得的读书经验。

——美国书评家　董鼎山

《麦田里的守望者》几乎大大地影响了好几代美国青年。它之所以能产生如此重大的影响，很重要的一点是由于作者创造了一种新颖的艺术风格。作者以细腻深刻的笔法剖析了主人公的复杂心理，不仅抓住了他的理想与现实冲突这一心理加以分析，而且也紧紧抓住了青少年青春期的心理特点来表现主人公的善良纯真和荒诞放纵。

——《纽约时报》

《麦田里的守望者》一问世，霍尔顿这个对虚伪深恶痛绝的少年形象竟然被千万读者看成是迷人的新英雄，文中的崇尚自由的亲切语言受到热烈欢迎，而塞林格对我的影响可以与海明威相提并论。

——著名作家　约翰·厄普代克

　　美国作家塞林格著述不多，然而，一部描写年轻人反抗陈腐教育制度的小说《麦田里的守望者》却使他声名鹊起，成为具有反叛精神的青年的代言人。《麦田里的守望者》的主人公霍尔顿是个逃学的学生，他的理想是成为护卫在麦田里做游戏的孩子们的守望者。此书一面世，立即引来大批青少年读者。

——著名作家　赵振先

青春感悟

青少年心目中的精神英雄

　　《麦田里的守望者》成书于20世纪60年代，所描摹的人物与社会背景也正是同一时期的美国青少年及美国社会。此书刚推出时曾引起巨大轰动：有人将其视为深刻的现实主义作品；有的明令将它列为禁书，认为不适合青少年阅读。不久，此书的价值终获广泛的认同，禁令一一取消。30多年来，《麦田里的守望者》魅力有增无减，深深影响着一代又一代的青少年。

　　本书以主人公霍尔顿自述的口气讲述被学校开除后在纽约城游荡将近两昼夜的经历和心灵感受。它不仅生动细致地描绘了一个不安现状的中产阶级子弟的苦闷彷徨、孤独愤世的精神世界，一个青春期少年矛盾百出的心理特征，也批判了成人社会的虚伪和做作。霍尔顿是个性格复杂而又矛盾的青少年的典型，他有一颗纯洁善良、追求美好生活和崇高理想的童心。他对那些热衷于谈女人和酒的人十分反感，对校长的虚伪势利非常厌恶，看到墙上的下流字眼便愤愤擦去，遇到修女为受难者募捐就慷慨解囊。他对妹妹真诚爱护，百般照顾。为了保护孩子，不让他们掉下悬崖，他还渴望终生做一个"麦田里的守望者"，发出"救救孩子"般的呼声。可是，愤世嫉俗思想引起的消极反抗，还有那敏感、好奇、焦躁、不安、想发泄、易冲动的青春期心理，又使得他不肯读书，不求上进，追求刺激，玩世不恭；他抽烟、酗酒、打架、调情，甚至找妓女玩。他觉得老师、父母要他

一生必读的文学精品

135

读书上进，无非是要他"出人头地……以便将来可以买辆混账凯迪拉克"。他认为成人社会里没有一个人可信，全是"假仁假义的伪君子"，连他敬佩的唯一的一位老师，后来也发现可能是个同性恋者，而且还用"一个不成熟男子的标志是他愿意为某种事业英勇地死去，一个成熟男子的标志是他愿意为某种事业卑贱地活着"那一套来教导他。他看不惯现实社会中的那种世态人情，他渴望的是朴实和真诚，但遇到的全是虚伪和欺骗，而他又无力改变这种现状，只好苦闷、彷徨、放纵，最后甚至想逃离这个现实世界，到穷乡僻壤去装成一个又聋又哑的人。

书中，主人公霍尔顿是一个典型的"反大卫·科波菲尔"式的形象。他是中产阶级的富家子弟，屡屡被学校开除。在纽约游荡时，他再次目睹早已看穿的成人世界里形形色色的面具、阴暗、荒诞，感到极度的厌恶——对人性被扭曲的厌恶——在他的视线所及，人性被多多少少地异化成一种滑稽而令人失望的表演。

当一个人走向成熟时，他怎么能清醒地看着自己走向这样一种"成熟"而无动于衷？所以霍尔顿没有摆脱颓废与堕落——泡在酒吧，用酒精麻醉敏感而脆弱的神经；滥交自己也看不起的庸俗女友来打发时间……他在精神上安慰自己的只能是成为一个虚无缥缈的"麦田里的守望者"。

但哪怕只是这样一个虚无缥缈的"麦田里的守望者"，却还是成为30几年来几代青少年心目中的精神英雄——为什么？就是因为我们充分认识到了成长是件无奈的事——社会化的过程中必然存在着对人性的不可避免的变形与扭曲。但我们并没有沉默地接受这一切的发生，而是发出了我们自己的宣言：如果我能选择，我一定会背叛这样的成长，我不要堕入人性变质发臭的悬崖深渊——我要当一个"麦田里的守望者"！由此看来，如果剥离故事的外衣，《麦田里的守望者》的确是一本严肃的现实主义作品。作者在此书中所体现的对青少年成长过程中的迷惘的广泛关注与深刻理解，确实无愧于评论界将此书列为"现代经典"之一。（佚　名）

思　考

为什么《麦田里的守望者》会受到美国大、中学生以及其他国家中同龄人的喜爱，产生如此大的反响，或者说为何产生如此大的"轰动效应"呢？因为作者以他独特的视角和艺术风格来进行创作，并敢于用现实主义的笔法来描述和剖析美国（包括其他欧美国家）生长于中产阶级家庭的大、

中学生的苦恼的内心世界；在作品的不同层面上，作者不止一次地揭示了一个道理——人到底为什么而活着！哪怕是人们生活在再充裕的物质国度，人们的精神生活往往都比物质生活显得更为重要。作为一名中学生，你觉得自己的精神生活怎样呢？你是如何解决自己所遇到的烦恼呢？

古文观止

吴楚材（生卒年不详），名乘权；吴调侯（生卒年不详），系楚材侄，名大职。他们都是浙江山阴（今绍兴）人。生平事迹不详。据为《古文观止》作序的吴兴祚说，楚材"天性孝友，潜心力学，工举业"，调侯为人"奇伟倜傥，敦尚气谊"。他们叔侄二人是山阴著名的教书先生，一生在家乡开馆教授弟子。《古文观止》就是他们为教授古文写作的范文教材，选文中的评注便是他们的讲解评论。

散文是情感与智慧交融的艺术，也是思想与心灵碰撞的火花，中国古代散文有着悠久的历史、光荣的传统，其伟大的创作成就是我国传统文化中的宝贵财富。清初吴楚材、吴调侯叔侄两人编选评注的《古文观止》采用了以时代为纲，作者为目，不按传统文体做细致划分的做法，选文体裁多样，传记、游记、抒情散文、论说散文、应用杂文、寓言小说等应有尽有，同一作家被选入的作品都列在这一个作家的名下，翻阅全书，就如同沿历史线索捧读一个个作者的个人选集。读完全书，读者可以对清代以前的散文发展脉络有了大致的认识。

《古文观止》这部清朝康熙年间选编的供学塾使用的文学读本，选录了从先秦到明朝的文章222篇，分为12卷，篇幅长短适中，每一篇选文也都非鸿篇巨制，易于阅读和理解，皆为千古名作，代表了中国古典散文的最高成就，历来为学人了解中国传统文化和学习古文的经典书、必备书。作者兼顾了不同风格、不同流派、不同题材的作品，选文可谓字字珠玑，篇篇精彩。该书自定稿以来，于康熙三十四年（1695年）问世后，在不到

250 年的时间中，各种刻本不下于数十种，这在图书经济和印刷技术都不甚发达的时代里，实在不能不说是一件蔚为奇观的事情。

阅读重点

《古文观止》所选古文，以散文为主，兼收韵文、骈文，选录的文章皆为脍炙人口的经典之作，有助于增加读者对散文及骈文的了解，并提高自身的散文欣赏水平和素养。

书海导航

【写作背景】《古文观止》是吴楚材、吴调侯叔侄为教授弟子古文写作的范文教材。康熙三十四年（1695 年）春，吴楚材将《古文观止》寄给在归化（今内蒙古呼和浩特）担任右翼汉军副都统的伯父吴兴祚。吴兴祚翻阅后认为"其选简而赅，评注详而不繁，其审音辨字无不精切而恰当"，决定刻板发行，并且写了序言。

【内容精要】《古文观止》"杂选古文，原为初学设也"，可见其是与《唐诗三百首》类似的童蒙课本。书名"观止"缘于《左传》中的一个典故。据《左传》记载：吴公子季札在鲁国观赏乐舞，当演出虞舜的《九韶》之后，季札赞叹道："观止矣！若有他乐，吾不敢请已。"季札认为已经观赏了最高水平的了（观止矣），其余的就不必再看了。编者以此冠书名表示本书已将古文中的精华选尽了。编者吴楚材、吴调侯不见于文献记载，连生平都不为他人所知，可是《古文观止》三百年来流传极广、影响极大，在诸多古文选本中独树一帜。鲁迅先生评价《古文观止》时认为它和《昭明文选》一样，"在文学上的影响，两者都一样的不可轻视"。

《古文观止》全编十二卷，选材上起东周，以《左传·郑伯克段于鄢》一篇开始，下迄明末，以张溥的《五人墓碑记》压卷。卷一至卷三为周文，卷四为秦文，卷五、卷六为汉文，卷七为六朝、唐文，卷八为唐文，卷九为唐宋文，卷十、卷十一为宋文，卷十二为明文。选录的文章皆为脍炙人口的经典之作，且选材比较广阔，照顾到了各种文章的体裁和多种艺术风格，长期被人们作为浏览中国传统散文的规范读本，因此数百年流传不衰。

《古文观止》所选古文，以散文为主，兼收韵文、骈文。先秦选的最多

的是《左传》，汉代选得最多的是《史记》，唐宋时代选得最多的是韩愈、柳宗元、欧阳修、苏轼的文章。从中我们可以看到：先秦外交官如何以优雅而婉转的辞令完成了一场没有硝烟的战争，纵横家们又是如何唇枪舌剑捭阖天下释难解纷的；帝王求贤若渴，于是下诏，臣子满腹良策，于是上表；朋友要走了，有赠序；从自然中归来，有游记；还有梦想中的桃花源，酣醉后的醉翁亭，岳阳楼上的忧患意识，滕王阁中的书生意气……一切都在这个世界中呈现，令人目不暇接，流连忘返。本书选文丰富多彩，篇幅较短，便于诵读，其中不少是传诵千古的名篇，涉及许多学掌故与典章，其语言精练，形成传习至今的成语格言，如"业精于勤荒于嬉，行成于思毁于随"、"含英咀华"等，可见多读《古文观止》，对于增加历史文化与语言知识是大有助益的。此外，编者对选文还做了精彩的评注，对于读者学习文章写作是有益的，而且还可以提高自身的散文欣赏水平。

中国古代散文的发展，历来重视文章的内容与表达的形式技巧，在记叙、议论、描写等修辞方法与表现艺术上都有高超的成就。阅读与欣赏《古文观止》，可以促进读者对古代散文及骈文的了解。虽然读选本也有明显的不足，即先秦诸子完全不收，对叙事文重视不够，多取议论性文章，以便于学习考科举时做策论用，因而许多名篇未能选入，南北朝文只选一篇，金元文全缺，致使通史性选本中间缺了两段。但就整体而言，《古文观止》仍不失为了解、学习中国古代散文的最佳选本之一。

【地位影响】《古文观止》问世后，流传城乡，雅俗共赏，影响甚广。直到今天，这一成书于300余年前的文选读本，非但没有随着经济的发达与科技的进步而销声匿迹、光辉不再，而是得到了越来越多的人的认可和喜好。虽然现在通行白话，无须学习文言文写作，但是《古文观止》却依旧颇受欢迎，它的各种新注译本层出不穷，因为它对于提高青少年及广大读者的古代文学及历史文化的知识与素养，是十分有益的。前不久，在由几家全球著名的中文网站共同进行的一次网络调查中，《古文观止》被评为"现代人最常阅读的文言著作"之一，就是证明。

《古文观止》为读者提供了一个学习文言文散文的入门读物，它代表了中国古典散文的最高成就，熟读其中的文章，就把握了中国古代散文发展的大体轮廓。由此可见，《古文观止》的不朽价值。作为一本篇幅不大、意在普及的古文选本来说，《古文观止》的流行性与权威地位，直到今天仍然难以动摇。

《古文观止》伴我一生

如果有人问我最难忘的一本书是什么，我可以毫不犹豫地回答：《古文观止》。

提起《古文观止》，还得从60多年前我上小学时说起。当时有位姓时的语文老师，曾在课外给我们几个爱好语文的学生朗诵过晋代陶渊明写的《桃花源记》。时老师边朗诵、边讲解，并希望我们长大后多学点古文。我问他这篇文章从哪本书里可以看到。他说："你长大后可买本《古文观止》看看，那本书中有许多古代名人写的好文章。"

故乡是偏僻的农村，买书很不容易。有一天，我从一个同学那里借到一本早已破旧的《古文观止》，连夜抄了《曹刿论战》、《陋室铭》、《岳阳楼记》、《醉翁亭记》等篇。虽然当时对文章的内容还不太懂，但是读起来津津有味。

新中国成立不久，我在一个旧书摊上发现了一本上海沈鹤记书局印行的《古文观止》，可惜没有书皮，前面还被撕掉了六页。就是这样一个残本，当时我却把它当做宝贝买了下来。回家用硬纸贴了封面，从此成为我经常翻阅的一本好书。

《古文观止》好在哪里？个人体会有以下几点：第一，这是一本历代名家散文选集。上自先秦，下至明末，许多优秀文学家的名篇代表作大多入选。第二，书中所选的222篇文章，篇幅适中，体裁多样，艺术风格百花齐放。第三，书中有许多历史典故、常用成语、名言警句，读后可以增长知识，开拓思路，加强修养。第四，不少文章可读性强，句子简短，深入浅出，音调铿锵，朗朗上口，朗读起来有音乐美，听起来是一种艺术享受。第五，许多文章主题鲜明，篇幅短小，高度概括，语言精练，常读这类文章可以使我们在写作时学会简明扼要。当然，由于时代和条件的局限，这本书中还存在一些封建思想和唯心观点，读时应该有所分析和批判。

古文是中华文化宝库中的一颗灿烂的明珠。《古文观止》虽然编选于200多年前，现在看来仍是启发人们学习古代散文的一本好书。1983年，齐鲁书社出版了《古文观止今译》。1988年，上海古籍出版社出版了《古文观止新编》。现在，我的书架上已有三种版本的《古文观止》，它们已经成为

我经常会晤的良师益友。（曹一凡）

叹为观止

国庆长假，许多人外出旅游，寻亲访友。在这人去楼空的寂静里，我拿过《古文观止》翻阅起来。

该书我珍藏已久，却一直没有动它，生活紧张，抽不出时间读仅是个虚伪的借口，真正的原因是近年来人变得实惠，心太浮躁，不愿静坐下来读此类与现实经济生活相去甚远的书。但在读过几篇文章后，我的惊喜竟是出乎意料。我仿佛突然面临一个巨大的露天金矿，熠熠闪烁的光芒几乎让我眩晕，又仿佛来到一泓幽静深邃的潭边，浓阴翳日，顿感阵阵清爽，我又似乎走进多年的梦幻。

《古文观止》上自春秋，下至明末，一路读下来，像走完一段散文化的历史。时而是烽火狼烟、马嘶人号的沙场征战，时而是慷慨陈词、气干霄云的朝廷进谏，时而是英雄末路、孤芳自赏的仰天长叹，时而是寄情山水、把酒当歌的醉翁之意，时而是悱恻缠绵、柔肠寸断的离别之情……历史的一幕一幕匆匆演过。

《古文观止》所选 222 篇文章，不能说俱是精品，但瑕瑜互见，瑕不掩瑜。读古人文章，可以体会出许多为人、为文、为政之道来。我时时被其中的真知灼见所震动，想不到今天人们的许多烦恼、困惑千百年前古人早已点破，而老祖宗们早已明喻的道理，千百年后的人们仍身陷泥淖、不能超脱。我越读越觉自我的渺小和今人的不足。例如，我们今天刚开始提倡的保护自然环境和野生动物意识，在 2600 多年前就已成为古训了。《国语·里革断罟匡君》一文说：到山上不能砍伐新生的树木，在水边不能割取幼嫩的草木，捕鱼时禁止捕小鱼，捕兽时要留下小鹿，捕鸟时要保护雏鸟和鸟卵，捕虫时要避免伤害蚂蚁和蝗虫的幼虫。这是为了使万物繁殖生长，这是古人的教导啊！相比之下，反衬出今人的贪婪与罪恶。读到王孙满的"在德不在鼎"，不免想起当今诸多腐败官僚的丑恶嘴脸和心态；读到司马迁的《报任安书》，方悔自己的光阴虚度和贪图逸乐……《诗经》曰"高山仰止"，《古文观止》无疑应是一座由古人的智慧和品质垒起的高山，让人叹为观止。（吴沣西）

以《古文观止》和《文选》并称，初看好像是可笑的，但是，在文学上的影响，两者却一样的不可轻视。

——鲁 迅

读《古文观止》可以知历史，可以知哲学，可以知文体变迁，可以知人情世故，可以知中国的宗教精神与人文精神，几乎可以知道中国传统文化的一切。

——著名文学家、翻译家金克木

古人云："开卷有益。"读选本总集，如《唐诗三百首》与《古文观止》，由于它们主要选取历代著名诗人作家的著名篇章，大多是历经古今选家的筛选淘汰，又以教授童蒙为主，辅以浅显有趣的注解评点，因此对于希望提升自身人文修养的读者来说，利用业余时间，时时翻阅，持之以恒，是可以获得并积累许多中国历代文史哲方面知识的。

——北大教授 倪其心

有着漫长而悠久的文化背景的中国人，终归不能完全背弃自己的传统，面对先贤遗留下来的文化宝藏，又有谁不想在力所能及的情况下去做一番探索呢？而《古文观止》恰好具有现代人探索这一宝藏所必需的"钥匙"功能。它所选之文多为千古名作，其内容涉及历史、哲学、文学、政治、宗教、艺术……几乎是一部小型规模的中国传统文化百科全书。得其上品，一览而收全功。

——著名学者 栗拙山

青春感悟

家有《古文观止》

家里有一套12册装的《绘图古文观止》，纸张已变得又脆又黄。很小的时候就注意到了它的存在，但因为都是繁体字不太好认，只是偶尔好奇地翻翻而已，没有太多留意。上到初中后，才慢慢发现了其价值。因为课

本上选用的许多文言课文，在这套书里面都能找到，比如《曹刿论战》、《出师表》、《桃花源记》、《师说》、《岳阳楼记》、《游褒禅山记》、《秋声赋》、《赤壁赋》等。那时上学基本没有什么课外参考书，这《古文观止》就成了我学习的好帮手。这套书是"增图评注，言文对照"，即书中有插图、有注释、有翻译，虽然插图简单、繁体字难认、译文也不太明了，但却比那枯涩的原文有趣、易读得多。于是我就把它进行了整理、装裱，经常带在书包里，慢慢地对该书有了详细的认识。

《古文观止》为清代康熙年间吴楚才、吴调侯选编，是旧时流行较广的启蒙读本。曾祖曾做过多年的私塾先生，该书是他所用之书。书后标明"民国二十三年三月上海沈鹤记书局印行"，表明它已有70余年的历史。这本好书我一定要好好保存，仔细阅读，相信对我的学习一定会有很大的帮助。（佚　名）

思 考

古人把文言文当做主要学科，讲究读、背、解、写，但是在时代发展的今天，我们还要不要学习古文呢？有人认为中学可以取消文言文，理由是文言文将来在社会上根本用不上。还有人认为中学文言文还得加强，因为这是中华民族遗产的一部分，不能遗失，并且也是一个人文化底蕴的标志。读完《古文观止》，你赞成哪种说法呢？

富兰克林自传

本杰明·富兰克林（1706～1710），出生于波士顿一个手工业者家庭。他幼年时家里很穷，只上过两年学，12岁就到印刷厂当学徒。但他非常勤奋，或者向亲朋借书，或自己攒钱买书，靠刻苦自学，他获得了丰富的知识。

富兰克林不仅是一位伟大的科学家，而且是一位杰出的政治家、卓越

的外交家、美国独立运动的领袖之一，为建立美利坚合众国作出了不可磨灭的贡献。

美国独立战争爆发后，富兰克林毅然断绝了同英国的一切联系，用自己的财产支持革命战争。参加了《独立宣言》的起草工作，受"大陆会议"的委派，作为外交特使出访欧洲，在外交上取得了巨大的成功。

富兰克林运用他渊博的知识和在学术上享有的崇高声誉，首先在法国取得了广泛的同情和支持。他利用英国和法国之间的矛盾，对法国政府施加压力，同法国政府签订了《美法友好商务条约》和《美法同盟条约》，并争得了法国远征军赴北美参战。后来，他以出色的外交手段又争得了西班牙、荷兰公开参加对英战争；以俄国为首的其他欧洲国家也相继宣布中立，这样，英国陷于空前孤立，而美国却利用有利的国际条件逐步扭转战争初期的被动局面，并取得最后的胜利。

独立战争胜利后，富兰克林又肩负同英国和谈的重任。通过一年多的艰苦努力，终于迫使英国在1783年签订了美英和约，正式承认美国独立。

1790年4月，富兰克林与世长辞，为他送葬的达两万多人，美国人民永远不会忘记他的巨大功绩。

本杰明·富兰克林是有史以来最杰出的美国人之一，享誉世界的发明家、作家、外交家和独立革命的领导人之一。他集伟大的政治家、外交家和科学家于一身，用曾经发明避雷针的双手参与缔造了美利坚合众国。早年辍学、以印刷为生的经历没有局限富兰克林的视野与天地，反而滋长了他对知识的渴求和对世界的关注。他在科学上的成就与在政治上的作为都赢得了世人的尊敬。独立战争期间富兰克林在法国施展外交才华，为战争的胜利和美国的诞生创造了良好的国际环境。他所参与起草的《独立宣言》更是彪炳史册，成为历史的界碑。

如果你想知道一些有关做人处世、控制自己、增进品格的理想建议，不妨看看《富兰克林自传》，它是最引人入胜的传记之一，也是美国的一本经典名著。本书自出版以来，相继被译成多种文字，成为世界各国家喻户晓的文学经典，被迄今为止的几代人当做人生修养的范本。

读一本好书就是与一个伟人的心灵对话。《富兰克林自传》曾被美国国会图书馆评为"塑造读者的25本书之一"，是世界享有盛名的伟人传记。作为美国青少年的必读书之一，《富兰克林自传》影响了一代又一代的美国人。本书在美国畅销书排行榜上长盛不衰，书中所倡导的通过不懈努力取

得非凡成就的奋斗精神，也因本书广为流传，改变了无数年轻人的命运，在世界上影响广泛而深远。

阅读重点

作品中体现的处世、持家、待人接物等方面的种种美德一直激励、教育、影响着世人。

富兰克林的成长史，也正是一部美德史。读完本书，我们可以了解一代杰出的伟人是如何运用自己的聪明才智来创造生活的。

书海导航

【写作背景】在富兰克林出生的前200年间，英国出版界印刷发行了无数本教人自立自助的小册子，这显示了资产阶级商业价值观的流行，其中威廉·珀余斯所著《论职业或论人们所从事的各行各业及正确价值》为美国人养成勤劳节俭的美德奠定了基础。这种道德指南的小册子在美利坚也十分盛行，如科顿·马瑟的《热情的美洲人》、《漫谈对儿童的良好教育》以及威廉·佩恩的《父爱之果》，对此，富兰克林都有一定了解。

除了这些"品行指导类书籍"外，当时的一些贵族、政治家、教士、军人，也写了一些回忆录，以传示给子孙后代。当时，被视作现代自传作家第一人的切利尼认为："所有取得杰出成就的诚实正直的人，无论其身份地位如何，理应亲自描述自己的一生。"1764年，赫伯特勋爵的《自传》首先由贺拉斯·沃波尔出版发行。赫伯特勋爵说："我认为自己最适合向后代讲述一生的经历，我想这必是最好的自白书，也是对后代们最有裨益的东西。"受此影响，1771年在都怀福德，富兰克林作为一个自传作者和道德家决定开始写自己的自传了。

【内容精要】本杰明·富兰克林——资本主义精神最完美的代表，18世纪美国最伟大的科学家、著名的政治家和文学家。他一生最真实的写照是他自己所说过的一句话——"诚实和勤勉，应该成为你永久的伴侣。"

美国人渴望英雄，却又对英雄满怀狐疑。人们景仰华盛顿，敬佩杰斐逊，崇敬林肯；但是对于富兰克林，人们却只能以其本色去考察他，将他看成是自己中的一分子。在他面前，芸芸众生丝毫不感到拘束。他比任何

历史名人更能体现美国精神，甚至于假设从来没有存在过富兰克林这样一个人，人们也可以通过考察广大美国人民而塑造出一个富兰克林——一个令人难以置信的通才。他的《富兰克林自传》被誉为"震撼心灵的美国精神读本"，是一座富含人生哲理与幽默感的思想宝库。

富兰克林是一个有多种才华的人，作家、政治家、科学家、哲学家、媒体人，都不足以涵盖他的全貌，他没有受过太多正式教育，却能成为许多人学习的老师，他一生中说过许多充满睿智与机锋的话语，而他的自传则可以说是智能与练达的结晶。本书以幽默风趣的笔致叙述了富兰克林具有传奇色彩的一生，详尽地介绍了他创业、奋斗、成功的历程，以及他为人处世的原则。

世界上恐怕没有人会在富兰克林的名字前无动于衷，因为，即使你不是美国人，没有享受到富兰克林对美国民主所作的贡献，你总会享受到避雷针的恩惠，它的发明人就是富兰克林。富兰克林对科学的贡献不仅在静电学方面，他的研究范围极其广泛。在数学方面，他创造了 8 次和 16 次幻方，这两种幻方性质特殊，变化复杂，至今尚为学者称道；在热学中，他改良了取暖的炉子，可以节省四分之三的燃料，被称为"富兰克林炉"；在光学方面，他发明了老年人用的双焦距眼镜，戴上这种眼镜既可以看清近处的东西，也可看清远处的东西。他和剑桥大学的哈特莱共同利用醚的蒸发得到 $-25℃$ 的低温，创造了蒸发制冷的理论。此外，他对气象、地质、声学及海洋航行等方面都有研究，并取得了不少成就。

富兰克林不仅是一位优秀的科学家，而且还是一位杰出的社会活动家。他一生用了不少时间去从事社会活动。富兰克林特别重视教育，他兴办图书馆，组织和创立多个协会都是为了提高各阶层人的文化素质。

富兰克林是美国启蒙运动的开创者、独立革命的领导人之一。他与美国第三届总统杰弗逊一起起草了具有伟大历史意义的《独立宣言》，并全权代表美国出使巴黎，回国后任宾夕法尼亚州州长。他被誉为"美国的完人"和"人道与理性的化身"。

然而，这位"美国的完人"只接受了两年小学教育，他 12 岁就开始在哥哥的印刷所当学徒。他充实天才头脑的途径就是不懈地自学。《富兰克林自传》最动人的部分就是他的这段努力奋斗、争分夺秒的学习经历。他1757 年以前的主要经历及在政治、经济、科学、文学创作方面等所取得的成绩，包括为人处世之道，都被写进他的这部自传。

《富兰克林自传》可以说是一位为世人所赞颂和学习的伟人的个人心路历程的真实回顾，它是一本包含了诸种善与美的道德律令手册。作者本杰明·富兰克林以清晰流畅的文字、真诚坦率的态度创作了这本训诫人生的永恒之作。翻开这本书，我们如同推开了一扇与一个伟大心灵对话的窗。书中富含人生哲理与幽默感，内容丰富，上至天文，下至地理，左涉经济，右及生活，充满了对世人行为举止的严肃教诲，间或穿插巧妙逗趣的格言、箴言。书中那些充满睿智的话语，都是智慧与练达的结晶，曾打动了无数读者的心。

【地位影响】《富兰克林自传》的出版具有划时代的意义。它在1771年动笔，1788年完成，前后历时17年之久。这部传记可以说是在读者等待中出版的。一经问世，立刻被翻译为法文出版，并被一抢而光。这部传记首先是因为富兰克林这个传奇人物本身而受到世人青睐的。青年人都希望学习富兰克林成功的秘诀，他们把这部书当成"人生指导"读物；其次，这部书在美国文学史上有举足轻重的影响，它打破了当时的写作常规，成为一部自传体小说，被誉为"清教徒的《奥德赛》史诗"和"世界上最优秀的自传之一"。

著名的物理学家杨振宁对富兰克林很崇敬，富兰克林的自传激励了杨振宁。去美国后他为自己取名为富兰克，并将第一个孩子的英文名字取为富兰克林。金融家汤玛斯·梅隆也因读了《富兰克林自传》而受到启发和鼓舞，通过努力奋斗而成为世界巨富之一。富兰克林的自传是所有自传中最受欢迎的自传之一，仅在英国和美国就重印了数百版，现在仍被无数人阅读。

华文精选

我们各种习气中再没有一种像克服骄傲那么难的了。我们虽极力藏匿它、克服它、消灭它，但无论如何，它在不知不觉之间仍旧显露。

不谦虚的话只能这样辩解，即缺少谦虚就是缺少见解。

早睡能使人健康、富有、聪明。

省一分钱等于挣一分钱。

描述自己的一生

富兰克林的自传作为一部 18 世纪的文学代表作及一份属于新时代的革命文献，一直为世人所赞美。尽管他所讲述的故事是前所未闻的，他叙事的谦逊平和的方法也是史无前例的，但他的道德教育之目的和文学体裁却是极普通平常的。

《富兰克林自传》的观点和风格更进一步地表明，富兰克林较多地得益于英国文学的思想传统。《富兰克林自传》比较多地重复使用了班扬和艾狄生的写作手法，蒲柏的佳作和培根、牛顿的散文风格方式在《富兰克林自传》中均有所反映，即淳朴、浅近、客观。正如他对街道清洁和闪电感兴趣一样，富兰克林对他生活行为的动机和所处环境的独特好奇也是自然天生的。诚如卡尔·比彻所言，他是"启蒙时代的真诚之子，他的确不属于卢梭派，而是属于笛福、蒲柏、斯威夫特、孟德斯鸠、伏尔泰这一派的。他朴素的方言带有强烈的家乡气息，证明了他卑微的殖民地人的出身，但他却讲他们的语言……他毫无疑问地接受了他那个时代具有代表性的思想及先知先见；他厌恶'迷信'、'狂热'和神秘；他讨厌悲观的论调；他蔑视哄骗术；他直截了当地表达他的怀疑论；他对自由和人道主义有着强烈的热爱；他用理性关注着这个世界；他深信常识、理智能起到解决人类问题的作用，并能促进人类幸福的发展"。

《富兰克林自传》也是一本独一无二的美国圣书。当富兰克林式的生活变得合情合理，而且能够实事求是地加以描述之后，《独立宣言》就容易理解了，看起来也不那么革命性十足了。在英国，新闻撰稿人丹尼尔·笛福出身卑微，但日后也像富兰克林一样，成了一名天才作家。当富兰克林呱呱坠地时，笛福已生活在遭囚禁的危险之中，他既要与内阁大臣们合作，又要受叛逆罪名的威胁，他的一生在不明不白中终结。但在美国，社会对富兰克林所能做好的事情给予重视。他工作辛苦，作品优美，推动改进，调解不和，他促动实施大众需要的且对他们有利的公益事业。他在自己的自传中记录下这些成就、作用及一些堪可效法的行为方式，旨在告诉我们，在一个新的革命的大铸模里，一代杰出的伟人是如何运用自己的聪明才智来创造生活的。

与那些大学学究们为取悦批评家而用华丽辞藻堆砌的作品相比，《富兰克林自传》有其独到之处。在英国书评界纷乱繁杂的文字战斗中，富兰克林既无阵地又无名气。尽管富兰克林不时被介绍给一些主导着文学界的社团并为他们所认可，但他们的争论影响不了他的写作。他的生活发展不靠他们的认可，亦不依赖于文字交易中所获得的"胜利"。1806年，一位批评家厌恶当时的流行之风，点评了富兰克林的过人之处："如果他受过大学教育，他将会满足于诠释诗的音节……如果波士顿人才荟萃，他将永远不敢走出印刷所，或至少会被批评家们的冷嘲热讽赶回印刷机旁……因无人去赞誉他早期作品中的美，他自然就指望以精确明晰、清楚生动的叙述来打动人心了。我们不去评价他的独特之处，只就作为道德伦理和普通文学作品的写作者而言，富兰克林博士的功绩也是难以确切估量的。他早期经历的境况，他尽力寻找合适的文字表达，来加深人们对波士顿及费城的商贩、工匠们的克勤克俭、谦虚谨慎的重要性的认识，把他们的聪明才智、可怜的奢望引导到掌握有用的知识及获取值得尊敬的自立上来。毕竟，适合大多数人的生存环境的道德伦理才是最有价值的。"

一个世纪后，伍德罗·威尔逊也着重强调了富兰克林土生土长的性格及其作品："他富有英国北美殖民地的乡土风俗特征。若在英国，他或许像其叔父托马斯一样，成为另一个'有才能'的文书。但很难成为一名胸怀全国、见识卓异的重要人物，很难成为本国启蒙思想的主导者，并引导其从容进步。他一生的经历说明了一个国家已经或正在创造一切。他的自传是身着事务装束的文字，是腰系工作服的文学，它正致力于一项艰苦的工作，此项工作能使这一国家的每个人都自由地成长发展，并向人们示以便利、速度和效用"。无论富兰克林多么因循守旧地忠于艾狄生、蒲柏这一派，不管他的说教意图是如何的普通平常，他所度过的一生以及他所叙述的亲身经历已破坏了旧的习惯，激发了新的思想观念。对这个并非静止不动而是发展变化的世界而言，富兰克林的一生及其自传实在是意义深远，它们与一个"正蓬勃发展的民族的生活状况与方式的详情细节是相通相连的"。

《富兰克林自传》非常成功地揭示了人的品质。富兰克林的父亲与兄长詹姆斯的形象生动真切，跃然纸上；与凯默争吵的再现恰似巴尔扎克、马克·吐温的绝妙描写；对教友会教友们反对战争的叙述，是对这些诚实的人们的明智处理；对人物和场景的描写如《创世记》、《无路历程》一样绘声绘色；像莎士比亚、沃尔特·司各特一样得心应手——这些，人们在富

兰克林的自传中均可领略到。

他自己的性格特征也同样清晰可见。菲利浦·布鲁克斯写道："读过《富兰克林自传》的人一直认为，他把自己交代得清楚明白，自成一体。"西奥多·帕克也从中发现了大量的材料来勾勒富兰克林的特征，如在论及他的道德成长过程时说："学走路时，跌跌绊绊许多次；长成一个高大的青年时，又走得过快过急，于是就猛跌了一跤"。在其非凡的实践中，"他能把物铸造成机器，把人组织成团体。"英国历史学家莱克基写道："富兰克林属于杰出非凡人物中的一位，这类人能给生活增添真正有价值的东西。对于生活中的成功因素，极少数作家能留下如此众多的深刻观察和对培育心智的最佳方法的独到见解。"同时，莱克基还赞扬了富兰克林的文风："《富兰克林自传》自始至终简朴凝练，寓意丰富，启迪性强，极具说服力。通篇几乎无晦涩难解或多余累赘之句，亦无模棱两可的名词术语。"在所有的对富兰克林的赞美之词中，没有能与这段文字相提并论的了。富兰克林在其自传中详细说明了他是如何效仿英国优秀作家的，清楚地交代了他十分重视父亲的忠告，如何同朋友们练习使用准确优美的英语语言。他在《宾州报》上概括了优美作品的关键几点："从已知转向未知，行文应规规矩矩。明白清楚，不应有丝毫的杂乱。所选用的词汇应是语言中最具表达力的，应符合大多数人都能理解之约定。能用一个词来表达的事物，就不用两个词，即不用或慎用同义词，文章总体上应短小精悍，所用词汇应读起来朗朗上口，听起来悦耳赏心。简单地说，行文应流畅、清楚、简约，否则就令人不悦了。"赫尔曼·麦尔维尔认为，"只有马基亚弗里的《霍布斯》中有寥寥几句表意清楚的原文殊品才能超过富氏的大作"。另一位批评家写道，若与富兰克林相比，"朱尼厄斯狂热但却混乱的推理，约翰生粗犷的杰作，柏克的极富思想内涵的夸夸其谈，都显得孱弱无力，且不能恰到好处。"（佚 名）

名家导读

本杰明·富兰克林，美国革命时期的资产阶级民主主义思想家，杰出的政治活动家，卓越的科学家。他是美国18世纪仅列于华盛顿之后的最著名人物。富兰克林曾经写过一本著名的《富兰克林自传》，自传的文笔优美，而其坦率性更是足为后人表率。

——前苏联剧作家　伊凡诺夫

在这本自传中，富兰克林叙述他如何克服好辩的坏习惯，使他成为美国历史上最能干、最和善、最圆滑的外交家。

——美国成功学大师　卡耐基

我们根据他的方法，可以窥见他对美国国格的影响。富兰克林一生力行的美德，对美国国民特质的影响，超过任何人。

——美国作家　艾克森

1. 节制：食不可过饱，饮不得过量。

2. 缄默：避免无聊闲扯，言谈必须对人有益。

3. 秩序：生活物品要放置有序，工作时间要合理安排。

4. 决心：要做之事就下决心去做，决心做的事一定要完成。

5. 节俭：不得浪费，任何花费都要有益，不论是于人于己。

6. 勤勉：珍惜每一刻时间，去除一切不必要之举，勤做有益之事。

7. 真诚：不损害他人，不使用欺骗等手段。考虑事情要公正合理，说话要依据真实情况。

8. 正义：不得损人利己，履行应尽的义务。

9. 中庸：避免任何极端倾向，尽量克制报复心理。

10. 清洁：身体、衣着和居所要力求清洁。

11. 平静：戒除不必要的烦恼。也就是指那些琐事、常见的和不可避免的不顺利的事情。

12. 贞节：少行房事，决不使身体虚弱，生活贫乏，除非为了健康或后代的需要。不可损坏自己或他人的声誉或者安宁。

13. 谦逊：以耶稣和苏格拉底为榜样。

——富兰克林的人生信条

青春感悟

盘点心灵

本杰明·富兰克林大概算得上美国历史上最有影响力的伟人，他博学多才，他是爱国者、科学家、作家、外交家、发明家、画家、哲学家；他自修法文、西班牙文、意大利文、拉丁文，并引导美国走上独立之路。富

兰克林是一个善于盘点心灵的人，这位事业上的成功者早年在一家印刷厂当学徒时就胸怀大志。为了获得成功，实现自己的理想，他给自己制定了一种"美德反省表"。表中列出了他认为应该遵守的具体美德有节制、勤勉、真诚、谦逊等13项。

每天晚上临睡前，富兰克林都要按"美德反省表"对照检查自己的言行，反思有没有做到这13项美德要求。如果哪一项做到了，他就在这一项的下面画上一颗红星，以便鼓励自己坚持做好。如果哪一项没能做到了，他就在这一项的下面画上一颗黑星，以便提醒自己尽快改正。就这样，富兰克林不断严格要求自己，保持优点，克服缺点，日臻完善，终于从印刷厂的学徒成长为一个对人类的进步事业作出重大贡献的人。

当富兰克林79岁时，在那本不朽的自传中，花了整整15页纸，特别记叙了他的这一伟大发明，因为他认为他的一切成功与幸福受益于此。富兰克林在自传中写道："我希望我的子孙后代效仿这种方式，有所收益。"

我们是凡人，很难能够达到富兰克林的那种至纯境界。但是无论对谁来说，经常反省、检查自己的言行是非常有必要的。盘点心灵的过程其实就是接近真善美、远离假恶丑的过程，就是坚持自我完善的过程，也是每位成功者所必须经历的过程。

所谓成功的人，并不是一定要功成名就、衣锦还乡，并不一定要干得轰轰烈烈、惊天动地。对于绝大多数的人来说，成功的表现就是今天比昨天更具智慧，今天比昨天更有宽容仁爱之心。

半个多世纪以前，毛主席就曾经提出要做一名纯粹的人、一名高尚的人，一名脱离低级趣味的人。同学们，你想成为一名心灵和行为日趋高尚的人吗？请从盘点心灵开始。（邱展峰）

为青春喝彩

人们常把人的一生比喻为：昨天、今天、明天。

昨天是生命的开始，是从呱呱坠地到不识愁滋味的少年。这时候的生命，是一曲跳跃着欢快音符的乐章。

今天，是奋斗的起点，是从血气方刚的青年逐渐走向成熟的中年。这时候的生命，是一阵波涛汹涌的浪潮。

明天，是希望的再现，是从桀骜不驯的中年逐渐走向驯服的晚年。这时候的生命，是一篇多情的篇章。

在这三天里，你想过了应该去干什么了吗？古往今来，有所作为的仁人志士无不在青春时期立下了远大志向，并进行不懈的努力，他们的青春因此而熠熠闪光。理想的阶梯，属于珍惜时间的人。看完《富兰克林自传》，"你热爱生命吗？那么别浪费时间，因为时间是组成生命的材料。"这句名言一直提醒着我要珍惜自己的青春。

可是，现在某些年轻人认为人生是一场酣梦，只求及时行乐，致使美好的青春荒废了。须知，为了活得精彩，我们必须拥有知识和技能。知识是成功的基础，技能是实现成功的工具。人类步入 21 世纪，世界多元化，信息全球化，知识信息量在以百倍的速度递增。面对这样的现实，昔日象牙塔里轻松自在的场景早已不见，取而代之的是寻找精彩的一双双炽热的目光。社会将竞争的残酷摆在了我们面前，从而也造就了新一代青年的自强和向上。为了活得精彩，我们还要有不断超越自我的精神。鲁迅先生曾说过："不满是向上的灵魂。"那么，年轻的朋友们，让我们早早地准备吧！

（黄文雯）

思 考

富兰克林从一无所有到成为富翁，从一无所知到成为众人敬重的文学家、政治家以及企业家，他的一生有很多值得我们学习的地方。读完本书，你有何收获呢？在如何与人相处，如何管理和改善自己方面，你是不是找到答案了呢？